Conrad
von Birkenfelde

Gewidmet

Wolfgang Schüssler

Bibliografische Information der Deutschen Nationalbibliothek: Die Deutsche Nationalbibliothek verzeich-
net diese Publikation in der Deutschen Nationalbibli-
ografie; detaillierte bibliografische Daten sind im
Internet über http://dnb.dnb.de abrufbar.

Herstellung und Verlag:
BoD – Books on Demand, Norderstedt

ISBN 978-3-7557-7328-3

Manchmal fällt's dir schwer
Manchmal fällt's dir leicht
Manches braucht Geduld
Manches gelingt gleich

Lass dir Zeit
Sei dir ein guter Freund

Ich geh mit dir ein Stück
Erzählen uns was war und ist
Ich hör dir zu vertrau auf dich
Wir hören uns zu von Zeit zu Zeit
Ich geh mit dir wenn du es willst

An meiner Hand

Simon Hartfelder & Hannes Liewald
Quiet Lane

Fred Keller

wurde 1971 in Pforzheim geboren, wo er auch heute noch lebt. Als gieriger Leser verschlang er Altes, Neues, Krimis, Biografien und Sachbücher.
Schon immer sagte er:
„Irgendwann schreibe ich selbst."
Mit vierzig fing er damit an. Seither sind Fabeln, Kinder- und Fantasy-Kurzgeschichten entstanden, aber auch solche aus dem ganz „normalen" Leben.
Er liebt schwarzen Humor, der oft auch in seine Storys mit einfließt und ist Mitglied im Goldstadt-Autoren e.V. Pforzheim.

Kontakt: freddykeller178@gmail.com
www.goldstadt-autoren.de

Inhalt

Vorwort

Herzlich Willkommen in meinem sechsten Buch. Meine Oma war gebürtige Birkenfelderin, die anderen drei Großeltern „nur" Zugezogene, oder Reigschmeckte. Doch als ich geboren wurde, lebten bereits alle vier in diesem Ort, blieben bis zu ihrem jeweiligen Ende und fanden hier ihre letzte Ruhestätte. Dadurch fühle ich mich als halber Birkenfelder, auch wenn ich nicht hier wohne. Ich fand es an der Zeit, eine Geschichte zu schreiben, die in der Gemeinde angesiedelt ist. Möge sie allen Einwohnern Spaß machen und bei den anderen Lesern die Neugier wecken, diesen Ort am Rande des Schwarzwaldes einmal zu besuchen.

Viel Vergnügen,

Ihr Fred Keller

Conrad von Birkenfelde

Es war einmal, oder vielleicht auch nicht, ein Waldzwerg mit Namen Conrad. Er lebte allein oberhalb des Birkenfelder Friedhofs, unter dem Wilhelmsberg. Seine Bekleidung bestand aus einem roten offenen Hemd, das von einem breiten Gürtel zusammengehalten wurde, einer abgetragenen Hose, deren ursprüngliche Farbe sich nur noch erahnen ließ, und braunen robusten Schuhen. Auf seinem Haupt thronte ein spitzer grüner Hut. Die saphirblauen Augen strahlten aus ihren von tiefen Falten umgebenen Höhlen, blonde Haare fielen locker über seine Schultern, und der rötliche Bart, in dem das erste Grau zu erahnen war, reichte nahezu bis zum Bauchnabel.

Er mochte die Menschen auf seine Weise. Je weiter weg sie sich befanden, umso lieber waren sie ihm. Als Höhlenbewohner fühlte sich Conrad für den Schutz der Erde, ihrer Pflanzen und Tiere verantwortlich, und seit er sich vom Rest seiner Familie zurückgezogen hatte, war er mit sich und der Welt im Reinen.

Der Umzug hatte ihn an diesen idyllischen Ort geführt. Dort verbreiterte sich der Weg von der Gängerebene in Richtung Neuenbürg an einer Stelle für ein kurzes Stück, sodass hier ein runder Platz mit ungefähr fünfzehn Metern Durchmesser entstanden war. Darunter lag Conrads Höhle, weitläufig verzweigten sich die Räume tief in den Berg hinein. Der Schatz, den er wie jeder anständige Zwerg sein eigen nannte, lagerte im hinteren Bereich. Er bestand aus Gold- und Silbermünzen und einer herrlichen Edelsteinsammlung, auf die Könige stolz gewesen wären. Blutrote Rubine, grünschimmernde Smaragde, rote, blaue und schwarze Turmaline, klare Bergkristalle, Diamanten, Erze, Quarze und viele andere Mineralien ließen die Höhle von einer einzigen Kerze regenbogengleich funkeln.

Kein Streit trübte mehr Conrads Dasein.

Dann allerdings hatten sich die Menschen sechs Jahre lang aufs Schlimmste bekriegt. Kurz bevor eine der Parteien aufgab, donnerten Bomben werfende Flugzeuge über die Baumwipfel um Conrads Höhle, um die nahegelegene Stadt Pforzheim in Schutt und Asche zu legen. Wären sie zumindest auf ihrer Höhe geblieben, aber nein, nicht die Menschen. Tausende Bomben rissen Krater in den Erdboden. Und worüber sich die wenigsten Menschen Gedanken machen: Ihr Boden ist die Decke des Zwergenreichs. Wochenlang befreite Conrad seine Wohnung vom Staub, bis sie wieder in altem Glanz erstrahlte.

Nach einigen letzten Gefechten herrschte endlich eine Stille in den Nächten, an die sich die Menschen und auch der Waldzwerg erst wieder gewöhnen mussten.

Conrad genoss die Ruhe. Natürlich waren auch Menschen im Wald unterwegs. Sie sammelten, was die Natur zu bieten hatte, denn kaufen konnte man nur wenig und das Geld war ohnehin knapp. Die Männer und Frauen arbeiteten fleißig, und die Kinder klaubten Brennholz für die heimischen Öfen auf. Eine Selbstverständlichkeit, dass sie mithalfen. Es wurde gerne gelacht und gescherzt, doch spätestens am Abend befiel die Waldbesucher eine Müdigkeit, die sie immer ruhiger werden ließ. Sonntags wanderten Spaziergänger über Conrads Höhlendecke, manche sangen, andere neckten sich lautstark. Doch der Platz war schnell überquert und die Geräusche verklangen rasch wieder. Dann gab es noch einige Leute, die alleine unterwegs waren, von ihnen kam kein Laut, die waren Conrad am liebsten. Bei Anbruch der Nacht hörte er nichts mehr über sich. Willkommene Ruhe.

Plötzlich und völlig unerwartet, es war im Frühsommer 1951, der Krieg seit sechs Jahren vorbei, riss ein Hämmern und Sägen direkt über ihm Conrad aus dem Schlaf. Sonst sah er zu dieser Jahreszeit den leuchtend roten Sonnenaufgang, in den sich als leise Hintergrundmusik sanfte Vogelstimmen einwebten, sobald er hinter dem Holunderbusch, der den Höhleneingang verdeckte, ins Freie trat. Doch heute glaubte der Zwerg seinen Ohren nicht zu trauen, fühlte sich in die Kriegstage zurückgeworfen, befürchtete, dass Sprengkörper auf seine Höhle fallen und die Decke zum Einsturz bringen könnten. Wütend schlich er nach oben, sah vorsichtig hinaus, um zu erfahren, was da vor sich ging.

Von der Sonne geblendet kniff er die Augen zusammen. So viele Männer hatte er lange nicht mehr auf einem Platz gesehen. Die Arbeiter türmten aus Sandsteinen eine Stützmauer auf, um das Abrutschen des Hangs zu verhindern und die ebene Fläche noch zu vergrößern. Ein Geländer wurde am Abgrund befestigt, damit die Gefahr eines Absturzes gebannt war.

Mehrere Zimmermänner, was Conrad an der schwarzen Tracht mit den silbernen Knöpfen erkannte, schleppten gutgelaunt Balken um Balken herbei, die sie am Rande des Plateaus zu einem großen Haufen aufstapelten. Zu den Cordhosen trugen sie karierte Hemden, Halstücher dienten zum Aufsaugen des Schweißes. Ihre Kollegen sägten das Holz auf die benötigte Länge, und von Zeit zu Zeit stimmte einer ein Liedchen an, in das die anderen lautstark einfielen.

Conrad fragte sich, wie man so früh dermaßen gut gelaunt sein konnte. Sie mussten freiwillig hier sein, anders war der Eifer nicht zu erklären.

Was machen die hier? Was soll der Radau?, überlegte er.

Aus seinem Versteck heraus sah er zu, wie das Gelände geebnet, vermessen, ein Fundament ausgehoben und schließlich ein Holzkonstrukt hochgezogen wurde. Ungefähr ein Dutzend Männer arbeitete schnell und konzentriert; nur zu zwei Pausen, am Morgen und am Mittag, unterbrachen sie ihr Tun. Am Feierabend stand das Grundgerüst eines Pavillons.

„Toni, ich hoffe, du hast deinen Verstand heute mal bei der Sache gehabt. Schließlich bist du seit Kurzem Geselle", murrte einer, der wohl der Architekt war und einen großen Bogen Papier prüfend in den Händen hielt.

Der Angesprochene suchte gerade sein Werkzeug zusammen. „Ja, das hab ich." Leiser, sodass der andere es nicht hören konnte, setzte der Mann namens Toni hinzu: „Du bist doch nur ein Studierter, der von der Praxis keine Ahnung hat, hättest schon ein Problem damit, einen Nagel gerade ins Holz zu hauen."

Nach und nach zogen alle Arbeiter ab. Toni ging als Letzter, sah sich nochmal um, hoffte nichts vergessen zu haben. Conrad blieb in seinem Versteck, bis keiner mehr zu sehen war. Dann, endlich, ließ er seiner seit Tagesbeginn aufgestauten Wut freien Lauf. Er tobte, wie es nur alte Zwerge können, die eine Veränderung ihrer Routine befürchten. Um das Tagewerk von mehr als zwölf Männern kurz und klein zu schlagen, benötigte Conrad lediglich fünf Minuten. Er steigerte sich dermaßen in seinen Zerstörungswahn hinein, dass er erst aufhörte, als kein Balken mehr auf dem anderen stand. Der Holzstaub sank träge zu Boden. Conrad atmete aus, hob den gesenkten Kopf und blickte überrascht direkt in Tonis weit aufgerissene, ungläubige Augen. Normalerweise hätte kein Mensch die Lichtung betreten können, ohne Conrads Aufmerksamkeit zu erregen, doch in seinem Wutanfall hatte er ihn nicht bemerkt.

„Wer? … Was?" Der zurückgekehrte Zimmermann konnte sein Erstaunen anscheinend in keinen vernünftigen Satz packen. „Ich sehe keinen Zwerg, die gibt es nur im Märchen." Er murmelte leise vor sich hin, doch Conrad verstand jedes Wort, denn er hörte ausgesprochen gut.

„Irgendwo muss es doch sein." Mit den Augen suchte der Handwerker den Boden am Rand der Baustelle ab, wo vor kurzer Zeit noch seine Tasche gelegen hatte, und ignorierte Conrad völlig.

„Was willst du hier? Das ist mein Platz, ihr habt hier nichts zu suchen. Ich bin Conrad von und zu Birkenfelde, Herr über und unter dem Bergwald, Beschützer des Wilhelmsbergs." Conrad tobte noch immer, schrie den verdutzten Mann an, ballte die Hand zur Faust und streckte sie dessen Gesicht entgegen, was lächerlich hätte wirken können, weil er nur halb so groß war, doch der grantige Gesichtsausdruck ließ keinen Zweifel am Ernst der Lage.

Toni traute sich jetzt erst, ihn anzusehen. „Bist du echt?"

„Blöde Frage? Bist du blind? Das wäre gar nicht gut, wenn du mit gefährlichem Werkzeug arbeitest. Natürlich bin ich echt.

Wer bist du und was willst du noch hier? Warum bist du zurückgekommen?"

Der Zimmermann schien viel zu überrumpelt, vergaß demnach seine Verwirrung und antwortete, als ob er seinesgleichen vor sich hätte.

„Ich bin Anton Schubert, aber alle nennen mich Toni. Ich habe auf dem Heimweg bemerkt, dass ich mein Taschenmesser nicht dabeihabe, muss es wohl verloren haben. Und weil es ein Geschenk meiner Eltern zur Gesellenprüfung war, wollte ich es nicht bis morgen hierlassen, sondern gleich danach suchen. Wer bist du?"

„Ich bin ein Waldzwerg und außerdem stinksauer." Conrad atmete heftig ein und aus.

„Bist du fertig?", traute Toni sich nach ein paar Augenblicken zu fragen. Er musterte ihn gründlich, schien abzuschätzen, wie gefährlich der Gnom war.

Conrad beruhigte sich, überlegte, dass Toben selten eine Situation verbessert hatte. „Ja, glaub schon", gab er kurz angebunden zurück. „Setz dich, ich erzähl dir von früher."

„Das wollen doch alle", stöhnte der zum Zuhören Aufgeforderte.

„Von später können die Wenigsten erzählen, also höre." Beide nahmen auf den Holztrümmern Platz und machten es sich so gemütlich, wie die Sitzgelegenheiten es zuließen. „Ich wurde vor langer Zeit geboren, und wenn ich ‚von früher erzählen‘ sage, dann meine ich viel früher. Ich hatte auch mal ein glattes Gesicht und kein einziges graues Haar, ich konnte meine Mähne kaum bändigen, kann ich dir sagen. Als junger Zwerg von fünfzig Jahren war ich voller Optimismus, Hoffnung und Vertrauen in die Menschheit. Meine Familie besaß einen riesigen Schatz, sodass selbst mein kleiner Anteil größer war als das, was ein Mensch sich auch nur vorstellen konnte. Von Zwergen wird oft behauptet, sie seien listig und böse, wollten nicht teilen und wenn, dann nur mit einer Gegenleistung. Und ich sage dir, das stimmt. Ich selbst war anders, wollte wie jeder junge den Alten nicht glauben und neue Wege beschreiten. Doch die Menschen waren immer nur auf das Gold aus, die Edelsteine, sprich den ganzen Schatz. Und die Zwerge hätten gerne am Anfang der Zeit geteilt, denn es waren unerschöpfliche Reichtümer, viel mehr als man in einem Zwergenleben, das natürlich sehr lange sein kann, verbrauchen könnte. Wenn, ja, wenn nur der Empfänger sinnvoll damit umgegangen wäre. Denn ein Zwergengeschenk bringt den Menschen nur dann Glück, wenn sie etwas Sinnvolles damit anfangen. Ich probierte es wieder und wieder, suchte mir Menschen aus, die ich beschenkte. Aber sie entwickelten die schlechtesten Charaktereigenschaften am besten, die da wären Gier, Geiz, Neid und dergleichen. Ich denke, du weißt schon, was ich meine. Je mehr sie besaßen, umso überzeugter waren sie, dass ihnen noch mehr zustand. Enttäuscht von der Menschheit zog ich mich hierher zurück und wurde zum Einsiedler."

„Nun, ich verstehe dich, Menschen sind so. Aber was du hier zerstört hast, wird morgen wieder aufgebaut werden. Es gibt eine Baugenehmigung …"

„Von wem denn bitte? Ich wurde nicht gefragt." Conrads Adrenalinspiegel stieg von Neuem. „Wer kann es wagen, hier etwas zu genehmigen? Das ist mein Heim, mein Bergwald, mein Wilhelmsberg, meine Höhle."

„Ja, und es ist wunderschön. Kannst du dir nicht vorstellen, anstatt deines Schatzes diesen ruhigen Platz mit den Menschen zu teilen, wie du es in deiner Jugend vorgehabt hast? Sicher hast du etwas vom zweiten Weltkrieg mitbekommen."

„Der Krach war nicht zu überhören."

„Es war eine schlimme Zeit. Die Menschen brauchen einen Ort der Stille, an dem sie sich erholen können. Dieser Wald ist herrlich und sollte allen zugänglich sein, die Luft stärkt uns. Es wird Bänke geben, und ein Dach als Schutz vor Sonne und Regen. Bestimmt werden alle diesen Ort pflegen und sauber halten."

„Denkst du das wirklich? Ach, wie gerne würde ich an das Gute im Menschen glauben."

„Wage es", forderte Anton ihn auf.

„Aber was ist, wenn sie überall ihren Müll herumliegen lassen und ich jeden Tag sauber machen muss? Das würde mir gar nicht behagen. Wir Zwerge sind ein sehr ordentliches Volk. Nur Menschen meinen, die Erde besteht aus Dreck. In unseren Höhlen herrscht stets Sauberkeit, und seit ich hier unter dem Berg lebe, ist jeden Samstag Kehrwoche angesagt." Bei dem Gedanken an fremde Hinterlassenschaften stand er auf und begann aufgeregt hin und her zu laufen.

„Dann schwöre ich dir", Anton hob feierlich die Hand, „dass ich persönlich für Ordnung sorgen werde. Ich könnte am Wochenende herkommen, die aufgestellten Papierkörbe leeren und mal nass durchwischen." Auch er erhob sich und streckte dem Zwerg seine Rechte entgegen.

„Das hört sich alles gut durchdacht an. Doch du bist ein Mensch, wirst nachlässig werden, mal keine Zeit haben, dann wird dir zu kalt oder zu warm sein."

„Ich habe dir mein Wort gegeben. Du kannst mir vertrauen. Ein Mann, ein Wort."

„Den Satz kenne ich."

„Wie könnte ich dich umstimmen?" Anton legte bittend die Hände zusammen.

Conrad merkte, wie wichtig die Sache für ihn war. Der Pavillon schien ihm wirklich am Herzen zu liegen.

„Ich fürchte, nur ganz schwer." Doch ein Zwergenherz ist nicht aus Stein. Er schwankte schon in seinem Entschluss, wollte es jedoch noch nicht zeigen.

„Ich mach dir einen Vorschlag", änderte Anton den Angriffswinkel. „Lass den Bau zu, beobachte, was passiert. Ich sorge, falls nötig, für Ordnung. Und das Ganze machen wir mit einem Jahr Probezeit."

„Wie meinst du das?" Conrad hob fragend eine Augenbraue. „Darf ich ihn danach wieder abreißen, wenn mir die Leute auf den Geist gehen?"

„Genau", traute sich Anton zu versprechen. „Wie du eben gezeigt hast, kannst du alles ruck, zuck dem Erdboden gleichmachen."

Conrad überlegte, schließlich bückte er sich, langte ins Kleinholz, auf dem er stand, und zog Antons Taschenmesser heraus. „Gut, probieren wir es. Hier, der Grund deiner Rückkehr."

„Ohne das Messer hätte ich dich nicht kennengelernt."

„Ich lebe hier seit mindestens hundert Jahren allein und habe nichts vermisst, dachte ich. Doch eine Unterhaltung von Zwerg zu Zwerg, oder auch von Zwerg zu Mensch, tut gut. Abends kannst du mich gerne besuchen. Ich zeige dir einen Platz im Wald, wo ich gerne sitze. Er ist oberhalb dieser Lichtung und weder vom unteren noch vom oberen Weg zu sehen. Komm mit." Mit kleinen Schritten lief er voraus, sicher, dass Anton ihm folgen würde.

Es war ein heimeliges, hinter Büschen verborgenes Plätzchen. Ein niederer Baumstumpf diente als Tisch, neben ihm lag ein Sandsteinquader, der für Conrad die richtige Höhe hatte, was er sogleich demonstrierte, indem er sich darauf setzte. „Ich werde einen Stein für dich dazustellen, aufrecht, damit du bequem sitzen kannst. Wenn keine Menschen da sind, setzen wir uns in dieses Holzmonstrum, an das ich mich erst noch gewöhnen muss, und bei schlechtem Wetter bietet meine Höhle Schutz. Sieh es als meinen guten Willen an, dir zu glauben. Bis jetzt war kein Mensch in meinem Heim. Los, ich zeig es dir." Munter sprang Conrad auf, pfiff, während er den Berg hinunterlief, La donna è mobile von Verdi.

„Du kennst Rigoletto?", wunderte sich Anton.

„Aber ja, ich bin mal in meiner Jugend nach Italien gewandert und natürlich auch wieder zurück. Das Stück war ein regelrechter Gassenhauer, wie man zu der Zeit so schön sagte."

„In deiner Jugend? Die Arie ist aus den 1850ern, das hab ich erst vor ein paar Tagen im Radio gehört."

„Sag ich doch", antwortete Conrad trocken. Er ließ den Trümmerhaufen links liegen und verschwand unter der Erde. Anton musste am Eingang den Kopf einziehen, doch in der Zwergenbehausung konnte er nahezu aufrecht stehen. Sobald er auf einem Hocker saß, sah er sich neugierig um. Eine Junggesellenwohnung, zweckmäßig eingerichtet, ohne unnötigen Schnickschnack, dennoch sauber. Gleich bewies Conrad seine Gastfreundschaft, indem er zwei

Gläser und einen Blutwurzschnaps auf den Tisch stellte.

„Was ist das?", fragte Anton, der das dunkle Getränk noch nicht kannte, welches der Gastgeber eingeschenkt hatte.

„Trink, das ist unter der Erde gewachsen." Conrad nahm ein Glas, wartete, bis Anton das seine in der Hand hielt, und stieß dagegen. „Wurzeln sind wichtig."

Anton Schubert tat wie ihm geheißen. Der von Conrad erwartete Hustenanfall ließ nicht lange auf sich warten. Dann war Toni fähig zu antworten. „Ja, ich bin hier auch schon seit Generationen verwurzelt."

Dieses erste gemeinsam getrunkene Glas besiegelte die neuentstandene ungewöhnliche Freundschaft.

Conrad begleitete den jungen Mann nach oben, der nun etwas wackelig auf den Beinen war.

„Komm wohlbehalten heim, ich wünsch dir eine erholsame Nacht, mein Freund. Ich denke, wir werden Spaß miteinander haben. Bis bald."

„Das glaube ich auch. Ich freue mich auf die Gespräche. Dir ebenfalls eine gute Nacht, Conrad." Anton Schubert wanderte im letzten Abendlicht den Weg links des Friedhofs entlang und die Heergasse hinunter.

„Ich werde euer Treiben beobachten", rief Conrad ihm noch hinterher.

Und das tat er. Früh am nächsten Morgen bezog der muntere Waldzwerg einen Platz im Unterholz, von dem er alles sehen, aber selbst nicht gesehen werden konnte.

Das Dutzend Männer, welches am Vortag ganze Arbeit geleistet hatte und zu Recht mit der Erwartung, den Bau wie beim Verlassen vorzufinden, um die Wegbiegung kam, schrie wie aus einem Munde auf. Der Architekt fand seine Sprache als Erster. „Wer von euch war das? Seid ihr bescheuert? Wer ist nochmal zurück und hat das Projekt sabotiert?" Wütend funkelte er Anton an, der anscheinend ganz oben auf seiner Abschussliste stand.

„Ich bestimmt nicht. Warum sollte ich? Und selbst, wenn ich eine Schraube rausgedreht hätte, wäre das Ding dadurch nicht zu einem Haufen Kleinholz geworden."

„Da muss ich dir wohl Recht geben. Eine so komplexe Arbeit traue ich dir nicht zu." Anton überlegte, was er darauf antworten sollte. War das ein Kompliment, weil der Studierte zugab, dass er es wohl nicht gewesen sein konnte? Oder war es eine Rüge, weil er es ihm nicht zutraute?

Der Architekt schickte einen der Männer zurück ins Dorf, beauftragte ihn Materialnachschub zu organisieren, und den anderen befahl er: „Los, aufräumen und auf ein Neues."

Die Zimmermänner krempelten die Hemdsärmel hoch, räumten auf, bohrten, hämmerten, sägten, was das Zeug hielt, bis die benötigten Balken wieder bereitlagen. Das Fundament wurde von Neuem ausgehoben, die tragenden Teile aufgestellt und verbunden. Es war eine wahre Pracht, den Männern der verschiedenen Berufsgruppen dabei zuzusehen. Sie ließen die Muskeln spielen, testeten bei kleinen Wettbewerben, wer am meisten tragen konnte. Der Schweiß rann, doch keinem wurde es zu viel, es war eine Gemeinschaftsarbeit, wie Conrad mittlerweile von Anton wusste.

Der Zwerg fühlte sich an seine Jugend erinnert, als er selbst noch richtig zupacken konnte und im Kreise seiner Familie Erze, Mineralien, Metalle und Edelsteine abbaute. Sie achteten dabei peinlichst darauf, nicht zu viele Bodenschätze herauszuholen. Dem alten Volk war bewusst, wie wichtig das innere Gleichgewicht ist, egal ob bei einem Zwerg, einem Menschen oder der Erde. Diese Vorkommen sind die Knochen und Muskeln, Sehnen und Nerven, die die Erde in ihrem Kern zusammenhalten.

Er trieb die Arbeiter ein wenig durch seine Geisteskraft an. Am Abend war der Bau tatsächlich ein Stück weiter, als er am ersten Tag gewesen war. Gekrönt wurde das Ganze durch ein Absperrband, an dem Schilder „Betreten der Baustelle verboten!", „Zuwiderhandlung wird strafrechtlich verfolgt!", und „Hier baut der Schwarzwaldverein!" verkündeten. Abermals verließ der Arbeitstrupp die Baustelle, und diesmal achtete der Architekt darauf, dass alle gleichzeitig gingen. Eigentlich wäre er ja gar nicht bei einem Bau die ganze Zeit vor Ort gewesen, aber dieser war ihm ein persönliches Anliegen.

Die Tage wurden zu Wochen, und der Pavillon nahm Gestalt an. Zu guter Letzt wurde alles angestrichen und bekam eine Holzschutzlasur.

Nach der vorgesehenen Zeit gab es am ersten Juli 1951 zur Einweihung ein großes Fest, an dem der Schwarzwaldverein, Ortsgruppe Birkenfeld, in Anwesenheit vieler Birkenfelderinnen und Birkenfelder das Gebäude der Gemeinde feierlich übergab.

Conrad der Waldzwerg sah dem Treiben auf seinem Berg mit gemischten Gefühlen zu. Konnte er Anton Schubert wirklich trauen, oder hatte er wieder mal zu schnell an das Gute geglaubt? Seine schlechten Erfahrungen ließen ihn Schlimmes ahnen und doch wollte er nicht alle über einen Kamm scheren. Lieber seinen neuen Freund besser kennenlernen, und falls es sich herausstellen sollte, dass auch er nur auf den Vorteil für die Bevölkerung aus war und nicht zu seinem Wort stand, wollte Conrad ohne viel Federlesens in sein Einsiedlerleben zurückkehren und den Bau in seine Einzelteile zerlegen. Die Zeit würde es zeigen.

Das tat sie.

Und die Probezeit? Sie war schnell kein Thema mehr. Die Menschen in den Fünfzigern waren glücklich, einen Ort zu haben, der so nah am Dorf lag,

28

an dem sie sich treffen konnten. Vom Friedhof aus war es nicht mal ein Kilometer, man dachte sich überhaupt nichts dabei, seine Wege auf Schusters Rappen zurückzulegen. Und dass die Menschen den Platz so sauber verließen, wie sie ihn vorfanden, war normal. Was sollten sie auch wegwerfen? Das Essen mit den Getränken für ein Picknick wurde samt Tellern und Gläsern in einem Korb mitgebracht, und am Ende wieder säuberlich zusammengepackt. Man drehte sich auf der einen Stufe um, warf einen prüfenden Blick in die Runde, ob man auch nichts vergessen hatte. Höchstens das Kerngehäuse eines Apfels wurde mal von jemandem übermütig zwischen die Bäume geworfen, was die Natur sicher nicht übel nahm.

Zuerst fühlte sich Conrad in seiner Ruhe gestört, doch als er merkte, wie gut den Menschen der Ort und die Luft bekam, gönnte er auch ihnen die positiven Eigenschaften des Waldes. Er fühlte sich berufen, das Holzgebäude zu beschützen. Es wuchs ihm ans Herz, denn er sah es als krönenden Abschluss seiner Höhle.

Die Erde umkreiste ein ums andere Mal die Sonne, folgte unermüdlich ihrer Umlaufbahn durchs All. Dabei zeichnete sie Linien in die Gesichter der Menschen und Zwerge, die mit den Jahren tiefer und tiefer wurden. Wie seit vielen Jahren saßen die Freunde auch heute zusammen, Harmonie lag in der Luft.

Langsam löste die Nacht den Tag ab. Ein leichter Wind kam auf, und es wurde etwas kühler. Conrad bemerkte Antons Frösteln, worauf er etwas Wärmendes aus der Höhle holte und auf den Tisch stellte. Nach einem reichlichen Abendessen, das die beiden Freunde eben beendet hatten, strich sich Anton zufrieden über den Bauch.

„Ach, Conrad, es ist einfach schön, dass du dem Pavillon eine Chance gegeben hast, wir so vertraut miteinander geworden sind und du mir unzählige Ratschläge gegeben hast." Anton lehnte sich behaglich auf seiner Bank zurück, prostete dem Zwerg zu und trank einen Schluck Wein.

Auch Conrad hob sein Glas. „Weißt du, Toni, jeder Name hat seine Bedeutung. Meiner kommt aus dem Althochdeutschen und heißt ‚der kühne Ratgeber'."

„Das passt nur zu gut. Wie oft hab ich in der Gemeinde bei wem auch immer einen guten Gedanken anregen können, der eigentlich von dir kam."

„Ja, nun, es ist halt mein Ort, an dem ich seit Langem lebe. Da sehe ich schon, was zu tun ist und wo es hapert."

Über die Jahrzehnte hatte Anton Conrad viele Dinge erzählt, die ihn belasteten, und immer konnte der Zwerg eine Lösung anbieten, die die Dinge zum Positiven veränderte. Wann immer im Ort etwas nicht zum Besten stand, Conrad half. Gab es ein scheinbar unlösbares Problem, überlegte Anton und sagte meist:

„Ich muss mich mal mit Conrad beraten." Den bekam aber keiner je zu Gesicht.

Es wurde bei Schwierigkeiten zu einem geflügelten Wort zu sagen: „Man müsste Conrad fragen", oder noch kürzer: „Frag Conrad."

An einem Abend erkundigte sich Anton: „Möchtest du nicht mehr Menschen kennenlernen? Ich habe von meinem Freund Conrad erzählt, natürlich habe ich nicht gesagt, dass du ein Zwerg bist, aber weil dich keiner kennt, vermuteten schon einige, dass es dich gar nicht gibt."

„Das ist wunderbar."

„Aber sie meinen, deine hervorragenden Ideen kommen eigentlich von mir, und sagen mir eine Bescheidenheit nach, die ich nicht habe, glauben, ich hätte dich erfunden. Ich würde mich freuen, wenn ich deine Lösungen hätte, und es auch sagen."

„Lass sie in dem Glauben."

So manche Nacht saßen die beiden ungleichen Freunde zusammen.

Anton und natürlich auch Conrad waren älter geworden. Conrad als Zwerg, dessen Leben viel länger als das eines Menschen währt, hatte die Jahrzehnte lockerer weggesteckt, auch wenn sein ehemals roter Bart jetzt deutlich heller war, mehr Weiß aufwies.

Des Öfteren brachte Anton kleine Geschenke mit, meist etwas zu essen, das neu auf dem Markt war, aber auch Dinge wie Käse, Schinken, Brot und Wein. An den *Birkenfelder Nachrichten*, die später zu *Birkenfeld Aktuell* wurden, fand Conrad großen Gefallen. So war er stets über das Wichtigste in der Gemeinde informiert.

Conrad revanchierte sich, indem er Anton auf das Vorzüglichste mit frischem Wasser aus einer nahegelegenen Quelle, Hasenbraten, eingelegten Pilzen und was der Wald sonst noch so zu bieten hatte bewirtete.

Eines Abends, das Jahrhundert war vergangen, und man schrieb die nächsten 20er, nahm Anton ein Thema auf, das ihn seit Langem umtrieb: „Hast du eigentlich auch noch mit anderen Menschen Freundschaft geschlossen?"

„Nein, dazu hatte ich nie das Bedürfnis. Du hast mich mit deinen Neuigkeiten auf dem Laufenden gehalten. Und was ich so bei den Gesprächen, die ich hier belauschen konnte, gehört habe, hat mir oft gereicht."

„Ich würde dir gerne jemanden vorstellen."

„Wozu?"

„Weil ich damals, 1951, geschworen habe den Platz sauber zu halten, was wie sich zeigte, gar nicht notwendig war, weil sich kein Müll anhäufte. Jetzt, nun, du weißt selbst wie es hier oft aussieht. Ich schaff das kaum noch und ich werde nicht ewig leben."

„Hm", machte Conrad. An diese Möglichkeit hatte er gar nicht gedacht oder sie zumindest in sein Unterbewusstsein verschoben. Er wollte hören, was Anton zu sagen hatte. Stets zeugten seine Meinungen von reiflicher Überlegung.

„Wen willst du anschleppen?", fragte Conrad.

„Ich möchte dem Bürgermeister von dir erzählen, und ich hoffe, dass ich ihn dazu bewegen kann, einen Abend mit hierher zu kommen."

„Meinst du, er wird dir glauben? Entschuldige bitte, du bist nicht mehr der Jüngste. Manche Menschen denken, ältere Leute sind manchmal nicht mehr ganz im Hier und Jetzt, bilden sich eventuell Dinge ein."

„Ach nein. Ich habe schon viel Gutes für den Ort getan. Er wird mir glauben", antwortete Anton Schubert voller Überzeugung.

Plötzlich schoss Conrad nahezu Energiewellen aus seinen saphirblauen Augen. Er knallte die flache Hand auf den Tisch. „Potz Blitz, mir ist da gerade eine herrliche Idee durch mein Zwergenschädelchen gesaust. Lass mich ausprobieren, ob sie funktioniert, falls nicht, gebe ich dir die Erlaubnis, ihm von mir zu erzählen. Wenn er bereit ist, mich zu sehen, bin ich es auch."

„Was hast du vor?" Anton Schubert setzte sich neugierig auf der Bank kerzengerade hin.

„Nun, eigentlich wollte ich keinem Menschen je von meiner Familie erzählen, doch wir kennen uns so lange, dass ich weiß, meine Geheimnisse sind bei dir gut aufgehoben. Ich werde einen Familienrat einberufen."

„Du hast Familie? Ich dachte, du bist allein."

„Das bin ich ja auch am liebsten. Aber klar bin ich nicht vom Himmel gefallen, und der Storch ist so wenig für uns Zwerge zuständig wie für euch Menschen. Die unterirdischen Gänge sind weitläufig, sie führen bis auf die andere Seite des Berges, unter dem Steinhäusleweg hoch zu einer Felsformation und auch in die entgegengesetzte Richtung, nach Pforzheim. Wie ja schon einer eurer alten Schriftsteller geschrieben hat, gibt es mehr Dinge zwischen Himmel und Erde, als eure Schulweisheiten erklären können. Und was es noch alles unter der Erde gibt, hat der Gute nicht mal überlegt."

Anton nahm sein Glas, wollte es zum Mund führen, hielt jedoch auf halbem Wege an, so gebannt hing er an Conrads Lippen.

„Also, es gibt zwei Dinge, die bei uns Zwergen riesig sind. Unser Schatz natürlich und die liebe Verwandtschaft. Die Räume der Familie derer von und zu Birkenfelde sind dermaßen weitverzweigt, dass jeder Unwissende sich lebenslänglich darin verirren würde, ohne die Chance zu haben, je wieder herauszufinden. Wir jedoch sind untereinander schnell erreichbar. Dass ich lieber allein leben wollte, weil ich meine Ruhe genieße und mich gut mit mir selbst beschäftigen kann, haben meine Brüder und

Schwestern, Vettern und Basen, und Neffen und Nichten respektiert. Doch wenn ein Birkenfelder Hilfe braucht, steht jeder parat. Ich werde einen Besuch machen und um Unterstützung bitten. Es kann ja nicht angehen, dass wir diesen herrlichen Wald von Leuten verwüsten lassen, die nicht genug Anstand besitzen, ihren Müll selbst zu entsorgen. Wäre ja gelacht, wenn sich Zwerge von Menschen auf der Nase herumtanzen ließen! Die werden die nächste Vollmondnacht nicht vergessen. Das verspreche ich dir. Ich lade dich schon mal ein, das wird ein Spaß."

Es war spät oder früh geworden. Anton Schubert machte die Müdigkeit zu schaffen, er begab sich gemächlich auf den Heimweg. Conrad sah ihm mitfühlend nach, der langsame Gang, die hängenden Schultern. Ja, sein Freund war keine zwanzig mehr. Er brauchte Hilfe und sollte sie bekommen.

Conrad war von seiner Idee, die er ausbrütete, bis unter die Zwergenmütze mit Adrenalin vollgepumpt, sodass er die Nachtruhe ausfallen ließ und sich gleich auf den Weg zu seiner Familie machte. Diesen Weg war er lange nicht gegangen, doch er fand jede Abbiegung, als wäre er gestern erst hier gewesen. In der großen Küche schnappte er einen Kessel nebst dazugehöriger Kelle, schlug diese kräftig in dessen Innerem mehrmals nach links und rechts, was einen Heidenlärm verursachte, sodass in null Komma nichts alle Familienmitglieder angerannt kamen. Als sie den Schreck überwunden hatten, freuten sie sich, Conrad mal wieder zu sehen, und begrüßten den seltenen Besuch lautstark.

Es war eine unübersichtliche Schar, die plötzlich den Raum füllte. Große und kleine, oder eher junge und alte Zwerge aus mindestens fünf Generationen. Viele hielten sich im Hintergrund und beobachteten das Geschehen, nicht alle kannten Conrad. Andere traten nach vorne, von denen einige durcheinander redeten.

Da war Ralf, der nie etwas anbrennen ließ, was ihn zum perfekten Zwerg am Herd machte. Pfeilschnell war sein übliches Tempo, der Energiepegel stets am Anschlag. Die Zipfelmütze musste er schon vor langer Zeit gegen ein um den Kopf geschlungenes Tuch tauschen, weil sie ihm ständig seiner Geschwindigkeit wegen hinten heruntergerutscht war.

Marianne, eine leicht übergewichtige Zwergendame, was deren Temperament und Elan jedoch keinen Abbruch tat und ihre Körpergröße noch kleiner erscheinen ließ, stürmte mit erhobenem Arm in die Küche. Als Waffe hielt sie einen Spaten, den sie unter ihrem Bett für nächtliche Überfälle bereitliegen hatte. Das lange graue Haar floss über den Rücken. Die hellstrahlenden Augen sprühten vor Angriffslust. Weite Gewänder umflossen die Rubensfigur. Nie hatte sie mit ihrer Meinung hinter dem Berg gehalten, war keinem Wortgefecht aus dem Weg gegangen, und auch heute noch kämpfte sie für alles, was ihr des

Kampfes wert erschien. Sie war Conrads Schwägerin und mit dessen Bruder Leonard verheiratet.

Der war ein ruhiger, manche meinten ein melancholischer Typ, doch dem war nicht so. Er ruhte in sich, war tiefenentspannt, sagte, was es zu sagen gab, den Rest schrieb er auf. Ein Poet, der Zwergensagen vertonte, aber auch eine Menge eigene Lieder geschrieben hatte. Tiefe Gräben hatte das Alter in sein Gesicht getrieben, sie hatten als kleine Lachfältchen angefangen und bildeten jetzt ein Netz, das die Augen beim Lachen nahezu verschwinden ließ. Mit seiner rauchigen Stimme sang er in einem brummigen Bass, mit dem er Marianne in eine gelassene Stimmung versetzen konnte. Das gute Leben, welches ihm das Zusammensein mit ihr ermöglichte, sah man ihm an. Er strahlte Glück und Zufriedenheit aus. Weiße, nach hinten gekämmte Haare bedeckten den Kopf und hingen zusammen-gebunden zwischen den Schultern herunter. Stets war er adrett gekleidet, nie lag auch nur ein Fussel auf dem Hemd oder der Hose.

Goldlöckchen und Goldlöckchen, zwei kleine Zwergenmädchen, die natürlich auch richtige Namen hatten, welche jedoch von keinem benutzt wurden, weil ihre Haarpracht einfach dazu einlud, sie so zu nennen, versuchten sich hinter dem Türrahmen zu verstecken. Conrad sah den blonden Schein hervorstrahlen. „Kommt ruhig näher, ich beiße nicht. Wir begegnen uns heute zum ersten Mal. Ich bin euer, na ja, das würde jetzt zu lange dauern, unser Verwandtschaftsverhältnis aufzudröseln, nennt mich Conny." Die beiden hielten sich an der Hand und betraten scheu die Küche. Conrad verzog seine vielen Falten zu einem breiten Lächeln, das sich augenblicklich auf den zwei jungen Gesichtern spiegelte.

Leonard, der etwas jünger als Conrad war, sprach: „Nimm Platz. Du hast ja eine Ewigkeit nichts mehr von dir hören lassen."

Auch Ralf war gespannt, was Conrad hergeführt hatte.

Sie setzten sich auf die Eckbank, vor der ein massiver Holztisch stand. Marianne brachte einen Wacholderschnaps und Gläser, schenkte sie voll und zog sich einen Stuhl heran. „Gibt es Neuigkeiten, oder stimmt etwas nicht auf der anderen Seite des Berges?"

„Ich habe ein Problem mit Menschen." Conrad kam gleich zum Kern der Sache.

Ralf hob die Augenbrauen, er hatte nicht viel Gutes über die Großen gehört, vermutete Conrad, was sicher der Tatsache geschuldet war, dass er in Leonards Nähe wohnte.

„Menschen", schnaubte Leonard. „Ein grässliches Volk. Wir und sie passen einfach nicht zusammen. Immer nur den eigenen Vorteil im Kopf. Schon unsere Großeltern warnten uns vor ihnen."

„Leo, unsere Vorfahren hauten die Menschen bei jeder sich bietenden Gelegenheit übers Ohr. Was sie in die Finger bekamen, ließen sie nicht mehr los. Wir wollten es anders machen. Wisst ihr noch? Unsere Überlegung war, den Menschen von unseren Schätzen abzugeben, wenn sie etwas Nützliches damit anfangen wollten. Wir hatten doch mehr als genug." Jetzt setzte Conrad einen bittenden Blick auf, der jeden Hundewelpen neidisch gemacht hätte.

„Das war eine jugendliche Wunschvorstellung. Wir sollten einfach keinen Kontakt haben." Leonard war ein harter Knochen, der sich so schnell nicht erweichen ließ.

Diese Meinungsdifferenzen waren damals der Grund gewesen, warum sich Conrad von seiner Familie zurückgezogen hatte. Doch jetzt musste der Zwist begraben, der Pavillon sauber gehalten, der Bergwald geschützt und Anton Schubert geholfen werden.

„Nun, wie dem auch sei. Ich bin hier, um euch um Hilfe zu bitten."

Leonard schlug die Hand an die Stirn. „Wann lernst du es endlich? Menschen sind dumm und egoistisch. Manchmal denke ich, der Planet wäre ohne sie besser dran."

„Ich bin nun mal hoffnungslos optimistisch. Sie sind nicht alle schlecht, es gibt auch gute." Verzweifelt schaute Conrad zu Marianne. Ralf nickte verständig.

„Zeige mir einen", fauchte Leonard.

„Das werde ich. Und schon bin ich mitten in meinem Anliegen. Ich habe seit mehreren Jahrzehnten einen menschlichen Freund. Er müsste jetzt so um die Neunzig sein. Ihr kennt den Holzbau über meiner Höhle, damals, Anfang der 50er, als er gebaut wurde, hat mir Toni versprochen, für Ordnung zu sorgen, was er auch stets getan hat. Doch in seinem Alter kann er das nicht mehr so gut. Der Ort wird immer öfter verwüstet und ich dachte mir, wir könnten, wie in alten Zeiten, den Feiernden zeigen, was eine Harke ist. Mit einem gehörigen Spuk der ganzen Familie wäre ihnen sicher Respekt vor dem Eigentum der Allgemeinheit beizubringen, sodass sie in Zukunft den Platz sauber verlassen würden."

Noch bevor Leonard ein weiteres Mal seine ablehnende Meinung äußern konnte, legte Marianne auffordernd und gleichzeitig besänftigend ihre Hand auf seinen Unterarm. „Komm schon, sturer Bock. Hier sitzt Conrad, dein Bruder. Wem kann eine Nacht voller Spaß schaden?"

Leonards Zornesfalten verwandelten sich langsam in ein breites Grinsen. Seiner Frau konnte er keinen Wunsch abschlagen. „Du meinst so ein richtig schöner Schabernack, bei dem natürlich niemand zu Schaden kommen soll und ich ein paar Menschen einen gehörigen Schreck einjagen darf? Das wird eine Gaudi, gut, du kannst auf uns zählen, wann machen wir es?"

„Manche Menschen schreiben dem Vollmond besondere Kräfte zu, was, wie wir wissen, stimmt. Wir könnten ihre Annahme bestätigen und sie beim nächsten Termin heimsuchen. Würde uns auch den Vorteil einer guten Beleuchtung bringen." Conrad setzte den Zeitpunkt mit einem Schlag auf den Tisch fest.

Ralf meldete sich zu Wort. „Nicht alle glauben an die Macht des Mondes."

„Pah", schnaubte Marianne, „dem Mond ist das egal."

„Ich hab schon ein paar Ideen, das wird lustig. Wir werden Spaß haben wie in unsrer Jugend." Leonard schlug sich die Hände auf die Oberschenkel.

„Ja, für Spaß ist man nie zu alt." Ralfs Augen blitzten schelmisch.

„Bringt gute Laune mit und was ihr sonst noch braucht. Für Essen und Trinken wird gesorgt sein. Kommt so gegen Sechs am Abend. Ich werde euch meinen Freund Toni vorstellen und dann können wir das Treiben gemeinsam beobachten, bevor wir schließlich unsere Party steigen lassen."

„Toni? Ein Mensch?" Leonard machte große Augen.

„Ja, ein Mensch. Ihr werdet ihn mögen, und er wird niemandem ohne eure Erlaubnis von euch erzählen. Gebt ihm eine Chance. Ich hab es seinerzeit auch getan und nie bereut."

Conrad verabschiedete sich und dankte jedem ausführlich. Den beiden Mädchen strich er über die blonden Locken. Sie hatten sichtlich Vertrauen zu ihm gefasst.

„Ich freue mich wahnsinnig auf die nächste Vollmondnacht. Mal wieder eine Familienfeier." Er hob die Hand und winkte fröhlich zum Abschied.

Leonard, Marianne, Ralf, die Zwergenmädchen und all die anderen sahen ihm lächelnd nach.

An besagtem Abend wartete Conrad nicht wie abgemacht bis sechs Uhr auf seine Verwandtschaft, nagende Ungeduld machte ihm einen Strich durch die Rechnung. Um noch Zeit für ein Gespräch zu haben, alte Erinnerungen aufzufrischen und eventuell ein paar Aktionen für den Abend zu planen, lief er seinen Mitstreitern entgegen. Als er eintraf, waren sie in der Küche versammelt.

Leonard, Ralf und alle anderen Zwerge, die heute Conrad zur Seite stehen wollten, hatten auf dem großen Tisch ihre Waffen ausgebreitet. Frisch geputzt, geölt und geschliffen lagen sie da. Äxte, Schwerter, Hämmer, Messer und ein Morgenstern. Ralf steckte eben ein großes Messer in dessen Scheide, das kleine hing bereits am Gürtel. Der Morgenstern vervollständigte die Ausrüstung.

Als Leonard Hammer und ein Messer angelegt hatte, griff er nach dem Schwert, winkte seiner Frau, „bis dann, Marianne", und wollte sie zum Abschied in die Arme nehmen.

Entrüstet stemmte sie die Hände in die Seiten. „Wie, bis dann? Ich komm natürlich mit. Glaubst du, ich überlasse euch den ganzen Spaß alleine?" Sie schnappte nach ihrem ständigen Begleiter, dem Spaten, und war bereit zum Abmarsch.

Gemeinsam machte sich eine große Horde kleiner Zwerge durch das Höhlenlabyrinth unter dem Bergwald auf zur anderen Seite.

Conrad servierte in seinem Wohnbereich Erfrischungen und bat seine Besucher in der Höhle zu warten, bis er mit Anton Schubert herunterkommen würde, um sie einander vorzustellen.

Der Waldzwerg saß an einen Baumstamm gelehnt, wartete, bis sein Freund zur üblichen Zeit den Weg vom Friedhof heraufkam, sprang auf, lief ihm das letzte Stück entgegen und rief: „Ich habe wundervolle Nachrichten."

„Mein Gott, wie es hier wieder aussieht. Ich muss dringend aufräumen." Das Atmen fiel Toni schwer.

„Ach, so schlimm ist es doch gar nicht, nur ein paar Papierfetzen. Das machen wir später. Ich muss dir etwas erzählen."

Anton setzte sich, als er den Pavillon erreicht hatte, erst mal hin. „Was ist denn so wichtig?"

„Heute heizen wir den Müllsündern so richtig ein, dass ihnen Hören und Sehen vergehen wird. Ich bin so aufgedreht wie seit Jahren nicht mehr." Conrad sprang von einem Fuß auf den anderen.

„Wir gegen wie viele? Ich habe nicht die Kraft von früher, bin keine Zwanzig mehr und du bist allein." Resigniert ließ Anton die Schultern noch ein Stück weiter sinken, falls das überhaupt möglich war.

„Papperlapapp, allein. In meiner Höhle wartet mindestens ein Dutzend Zwerge auf ihren Einsatz. Ich war bei meiner Familie, habe unsere Situation geschildert und jeder war sofort Feuer und Flamme, uns zu helfen. Na ja, fast jeder, bei einem hat es etwas länger gedauert, aber er ist da. Los, komm mit, ich stell dich vor."

Hoffnung keimte auf Antons Gesicht, die ihn mehrere Jahre jünger aussehen ließ. „Ich dachte, ihr liegt im Clinch."

„Du weißt doch, wenn ein Birkenfelder Hilfe braucht, halten alle zusammen."

Sie kletterten durch den schmalen Höhleneingang und im Nu war ein großes Hallo in der Höhle.

Scheue Blicke wurden getauscht, doch durch Conrads vermittelnde Art war der Bann schnell gebrochen. Schließlich vereinte sie das gemeinsame Ziel. Die Stimmung war euphorisch, und als es langsam Zeit wurde, rief Ralf, der am Eingang Stellung bezogen hatte: „Kommt, wir wollen uns draußen verstecken und die Menschen beobachten."

Nur zu bereitwillig folgten sie seinem Vorschlag. Ein jeder suchte sich einen Platz; verkroch sich entweder hinter einem Findling, kletterte in eine Baumkrone oder legte sich in den Graben.

Conrad stellte für Anton einen Klappstuhl hinter einen großen Busch, über den er gerade noch hinwegsehen konnte. „Von hier hast du eine gute Sicht."

„Ich danke dir." Der alte Mann setzte sich.

Schweigend warteten alle, was der Abend bringen würde.

Plötzlich hörten sie eine Menschengruppe näher kommen. Die Zwerge spähten aus ihren Unterschlüpfen, während die Ankommenden lautstark die Ruhe des Waldes vertrieben. Musik dröhnte.

„Ey, Fabian, ich liebe Heavy Metal", schwärmte einer.

„Ja, Jonas. Da kann man richtig abgehen dazu."

Happy Metal, hatte Conrad verstanden, und wunderte sich nicht zum ersten Mal über die heutigen Gewohnheiten. Er tanzte lieber auf andere Musik, aber über Geschmack wollte er nicht streiten.

Zwei Männer zogen eine Karre, auf der Flaschen klirrten. Einer drehte sich um und rief: „Wo bleibst du denn, Merle?"

„Ich komm ja schon, Jonas, aber in den Schuhen geht es nicht schneller." Sie stakste auf hochhackigen Pumps den steinigen Weg entlang durch den Wald.

„Was ziehst du auch solche Schuhe an?", fragte der Wortführer.

„Du sagtest, wir essen gut und hören Musik. Ich dachte, wir gehen in ein Lokal und danach in einen Club zum Tanzen."

„Tja, hättest du mal lieber gefragt anstatt gedacht. Und mal im Ernst, wenn du in den Schuhen nicht gehen kannst, meinst du, tanzen wäre gegangen? Manchmal verstehe ich euch Frauen nicht."

„Das glaub ich dir." Merle schmollte.

Beim Pavillon luden sie aus. Schnell war der Tisch vollgestellt. Bier, Wein und diverse Spirituosen, Kartoffelsalat aus dem Kühlregal eines Supermarkts, Paprikaschoten, Zucchini und mariniertes Fleisch. Kurze Zeit später war der Grill in Gang gesetzt und daneben brannte ein kleines Lagerfeuer.

Conrad konnte es nicht fassen. Offenes Feuer in seinem Bergwald! Rauchen war ja schon grob fahrlässig, aber das? Seine Wut begann zu brodeln.

Unbemerkt schlich er an den Tisch, stibitzte einen Salzstreuer und stellte ihn, nachdem er das Salz durch Sand ersetzt hatte, wieder zurück. Nur mal so als kleine Freude vorab.

Die Männer und Frauen setzten sich an den Tisch. „Jonas, übernimmst du den Grill?", fragte eine.

„Klar, Laura, wer sonst?" Machohaft spielte er mit seinem Feuerzeug, dass Funken stoben. Sein Muskelshirt in Tarnoptik brachte die gestählten Oberarme gut zur Geltung. Die obligatorische Sonnenbrille klemmte auf der rasierten Glatze. Er blieb mit einer Bierflasche in der Hand neben dem Grill stehen, ab und zu kippte er einen Schuss auf das Fleisch, was besonders cool wirken sollte.

Zwei kichernde Schwestern schenkten sich Wodka ein. „Los, Lea, mehr", forderte die eine, und warf ihre offene, blonde Mähne nach hinten.

„Ich mach ja schon, Laura." Sie hatte die gleiche Haarpracht, trug sie aber zu zwei Zöpfen geflochten.

Ihr Benehmen gefiel Conrad gar nicht, er fand die beiden viel zu jung für harte Getränke. Ralf und er hatten mal beschlossen, nur das Hochprozentige zu trinken, dessen Gehalt unter ihren Lebensjahren war. Schneller als ein Blitz, sodass keiner ihn sah, kippte Ralf denn auch beide Gläser um. Der Inhalt des einen landete auf einer Jeans, der des anderen auf dem Tisch. Die beiden Schwestern sahen sich an, als ginge es nicht mit rechten Dingen zu.

„Kann es sein, dass uns jemand einen Streich spielen will?", fragte Lea in die Runde.

„Ach Quatsch, wir sind unter uns. Wahrscheinlich hast du dich wieder schusselig angestellt." Jonas lachte etwas boshaft.

Je später es wurde, desto lauter und ausgelassener feierten die jungen Leute. Kein Zwerg störte sich daran, denn sie selbst konnten das auch hervorragend.

Doch nach einigen Stunden war das Fleisch gegessen, die Glut am Erlöschen, und die verschiedenen Flüssigkeiten hatten ihren Weg aus den Flaschen in die volljährigen, jedoch nicht erwachsenen Kinder gefunden. Unter dem Spitzdach hing der Rauch des Grills und über dem Tisch waberte von Zeit zu Zeit ein süßlicher Geruch durch die Luft.

Die jungen Menschen lagen auf den sechs Bänken, hingen ihren Gedanken nach oder glaubten wahrscheinlich, das zu tun, und dachten einfach gar nichts. Satt, betrunken und auch ein wenig bekifft drifteten sie durch die Abendstunden.

Schließlich sagte Fabian: „Okay, Leute, packen wir zusammen und machen uns auf den Heimweg."

Dem Ordentlichsten von ihnen antwortete mehrstimmiges unwilliges Gemurmel.

„Was?", fragte er nach.

„Keine Lust", stöhnte eine der Wodkafrauen.

„Mach doch selber", kam es von Jonas.

„Aber nur die Pfandflaschen", meinte Lea.

Conrad kannte die Art von jungen Männern, zu der er Fabian zählte. Der übliche Mitläufer, den es in jeder Gruppe gibt, der zu allem Ja sagt, weil es kurzfristig weniger Probleme mit sich bringt, als eine eigene Meinung zu vertreten. Auf die Art kannst du in Schwierigkeiten hineingezogen werden, die du alleine nie gehabt hättest.

„Komm schon, Yannik, steh auf", traute er sich jetzt den wie leblos Daliegenden direkt anzusprechen. Träge erhob der sich von der Bank, ein Markenname prangte auf der breiten Brust, was Conrad zu der Überlegung veranlasste, ob er für die Werbung Geld bekam.

Endlich rafften sich alle auf und halfen lustlos zusammen. Wie es aussah, wollte keiner die Nacht im Wald verbringen. Der Grill wurde auf den Wagen gelegt, daneben landeten die Pfandflaschen. Für alles andere fühlte sich niemand so richtig zuständig, eher sah es so aus, als ob jeder wartete, dass der andere aufräumte.

Jonas trank den letzten Rest aus einer Weinflasche. „Hat die Pfand?", fragte er mit einem Zungenschlag niemanden Bestimmtes.

„Nein, das ist keine Mehrwegflasche, Nullsiebener sind Einweg."

Da holte Jonas aus, warf die Flasche in hohem Bogen über das Eisengeländer und lachte dümmlich. Das Bersten der Flasche war deutlich zu hören.

So, dachte Conrad, das ist zu viel. Es war die Flasche, die das Fass zum Überlaufen brachte. Er schrie: „Potz Blitz, jetzt reicht's mir aber mit euch ungehobeltem Pack! Wie wäre es, wenn ihr das vor dem Haus eurer Eltern macht?" Wieselflink sprang er auf das dunkle Holzgeländer des Pavillons, kampfbereit das Schwert der Vorfahren in Händen schwingend. Das war das Zeichen für seine Kampftruppe. Mit wildem Gebrüll stürmte Leonard aus seinem Versteck und schwang seinen Hammer, wobei Marianne ihn noch überholte. Ralf wollte ausprobieren, ob sein scharfes Küchenmesser auch die Gummireifen des Wagens schneiden konnte, was vorzüglich gelang.

Augenblicklich waren die Alkoholleichen hellwach, sahen erschrocken die wutschnaubenden

Zwerge herumwirbeln, trauten jedoch anscheinend ihren Augen nicht.

„Jonas, was hast du heute mitgebracht? Die gegrillten Pilze waren doch alle in Ordnung, hoffe ich?" Fabian griff sich an den Bauch.

„Ihr wolltet einen Abend im Wald, da gehören Pilze dazu, oder? Es waren ganz normale Champignons und noch ein anderer. Mit ihm wollte ich euch der Magie des Waldes näher bringen, er trägt den schönen Namen *Magic mushroom*."

„Jetzt aber genug palavert! Wenn ihr denkt, wir existieren nur in euren verklebten Gehirnen, werdet ihr schnell lernen, dass dem nicht so ist." Conrad hatte in jeder Hand ein Messer und wetzte eins über das andere. Sie waren zwar frisch geschärft, doch der Anblick holte die erschrockenen Menschen in die Wirklichkeit zurück.

„Ich glaub, die sind echt, lasst alles hier und rennt um euer Leben!" Fabian tat es und spurtete den Friedhofsweg hinunter. Vermutlich wurde er erst an der Schwabstraße etwas langsamer.

„Euer Freund hat's begriffen, scheint der Hellste zu sein." Conrad versetzte der ihm am nächsten stehenden Frau einen Querschnitt in ihre Jeans, was nicht weiter auffiel. Mit so einer zerrissenen Hose würde keine Zwergenmutter ihr Kind rauslassen, blitzte ihm durch den Kopf. Er hatte darauf geachtet, nur den Stoff durchzuschneiden.

„Bist du verletzt, Merle?", fragte Jonas, der jetzt seine Coolness restlos verloren hatte.

Die Angesprochene stöckelte davon, so gut sie konnte, und rief noch: „Ich glaube nicht." Nach wenigen Metern zog sie die unpraktischen Schuhe aus, lief barfuß weiter, was schmerzhaft sein kann, wenn man es nicht gewohnt ist, doch das Messer hinter ihr war eine gute Motivation, die sie ungebremst bis in die Kantstraße trieb.

Ralf war mit Schwung in Jonas' Rücken gesprungen, was diesen im Kies landen ließ. Er lief um ihn herum. Jetzt stand er vor ihm und der am Boden Liegende musste zu ihm hochschauen. Langsam pendelte Ralfs Messer von links nach rechts und wieder zurück, als wollte er Jonas hypnotisieren. „Weißt du, die Flasche wegzuwerfen war nicht nett." Er sprach mit einer besonders sanften Stimme, als würde er einem Kleinkind erklären, dass es nicht das Einzige auf dem Spielplatz sei. „Da kann jemand reintreten, Mensch oder Tier. Und dann gibt es kleine fiese oder auch große böse Schnitte. Und der nächste Arzt ist weit. Das möchtest du nicht erleben, oder?"

Jonas schüttelte den Kopf, dabei kratzte sein Kinn über den Kies und wurde etwas blutig.

„Na, das hast du dir jetzt aber selbst beigebracht. Hättest du die Nase höher getragen, wie sonst auch, wäre nichts passiert."

Marianne hingegen trieb mit dem Spaten gleich zwei Frauen auf einmal aus dem Wald. Jede hatte ihr

Gartengerät in die Kniekehlen bekommen. Das hatte ihnen genug Schwung verpasst, um sie den Friedhofsweg und die Heergasse hinunterrennen zu lassen. Erst an der Hessestraße wurden sie langsamer und wagten nach ihrer Verfolgerin zu schauen.

Marianne stand am unteren Rand des Friedhofs und sah ihnen belustigt nach. „Warum lauft ihr denn so schnell weg? Ich hätte mich gern noch ein wenig länger mit euch beschäftigt." Mit viel Elan warf sie ihnen eine Plastikflasche, die sie im Laufen ergriffen hatte, hinterher. Sie landete wenige Meter hinter den jungen Frauen auf dem Verschluss, sprang hoch, was sie ein paar Mal wiederholte, bis sie schließlich nur noch den Berg hinunterrollte und damit den erneut losrennenden Frauen frischen Antrieb verschaffte. Eine Glasflasche wäre beim ersten Bodenkontakt zerbrochen. „Die habt ihr vergessen. Meintet ihr das mit Mehrweg?"

Leonard lugte hinter einen hohen schmalen Stein, der links vom Pavillon stand. Der Quader hatte eine ungefähre Breite von fünfzig Zentimetern. Hinter ihm versuchte sich Yannik zu verbergen. Es gelang ihm nicht.

„Ein ganz schlechtes Versteck. Selbst wenn du nicht so zittern würdest, hätte ich dich gesehen." Leonard ließ den Morgenstern, den Ralf ihm freundlicherweise überlassen hatte, abwechselnd links und rechts an den Stein klatschen. Er verletzte den Kerl nicht, denn der wich zurück, bis sein Rücken das

Eisengitter berührte. Leonard sprang nach rechts, gab dem Eingeschüchterten die Möglichkeit zur Flucht nach links, die dieser erkannte und nutzte. Auch er rannte den Berg hinunter.

Der Anführer der Truppe war nun allein.

Er lag weiterhin benebelt und wie gelähmt auf dem Bauch. Conrad trat zu Ralf und hielt dessen noch immer vor Jonas' Gesicht pendelndes Handgelenk an.

„Und, gefällt dir die Magie des Waldes? Ich sag dir jetzt mal was. Hier darf jeder herkommen. Essen, Trinken, Freunde treffen, Feiern, Lesen und Schreiben, oder auch einfach mal nichts tun und das genießen, alles erlaubt. Offenes Feuer, oder auch nur eine Kippe, und Müll wegwerfen? Definitiv verboten. Jetzt beweg dich und schwing deinen Allerwertesten zu deinen Freunden. Die warten sicher schon auf dich."

Jonas rappelte sich hoch bis er schließlich auf wackligen Beinen stand. Leonard, der zu ihnen getreten war, knallte den Morgenstern auf den Boden, was sich auf Jonas wie eine Starthilfe auswirkte. Er torkelte davon, so schnell es sein berauschter Zustand zuließ. Offensichtlich ging Ralf das nicht schnell genug. Bevor er die Verfolgung aufnahm, griff er in den Wagen, schnappte sich die Grillzange, denn mit solchen Geräten kannte er sich aus. Selbstverständlich grillte er nur da, wo kein Waldbrand drohte. Sie lag gut in der Hand, durch seinen Kopf liefen Bilder von saftigen Steaks, doch er rief sich zur Ordnung. Jetzt war nicht die Zeit für Rindfleisch. Er klackerte mit der Zange, schlug den Rhythmus von Kastagnetten. Auf seiner Schulterhöhe war Jonas' Hintern. Allein das Geräusch ließ diesen sich umsehen, er bekam es mit der Angst zu tun. Einmal zwickte Ralf in den gut-sitzenden Hosenboden. Das endlich reichte aus, um Jonas im wahrsten Sinne des Wortes auf die Sprünge zu helfen. Er rannte los, folgte seinen Freunden, die ihn zurückgelassen hatten.

„Schöne Kameraden", murmelte Ralf.

„Ich vermute, die sechs treffen sich erst unten an der Bank in der Hauptstraße wieder." Conrad lachte, er und Ralf klatschten die rechten Hände gegen-einander.

Conrad winkte Anton herbei. So viel Spaß hatten die Zwerge schon lange nicht mehr gehabt. Sie fielen sich in die Arme, jeder erzählte den Abend aus seiner Sicht, schilderte mit zwergenhaften Aus-schmückungen die Gesichtsausdrücke und das Verhalten der Davongejagten. Am Ende saßen Conrad, Anton, Ralf, Leonard und Marianne vor dem Pavillon, lehnten mit dem Rücken an der Stufe und kamen aus dem Lachen nicht mehr heraus. Hatten sie sich beruhigt, genügte ein Blick in die Augen des Nächsten und ein weiterer Lachanfall brach sich Bahn.

Leonard sagte: „Ich bin fertig, mein Herr." Er deutete eine grazile Verbeugung an, die einem Musketier zu Ehren gereicht hätte. „Conrad, ich danke dir, dass du dich auf den Weg zu uns gemacht hast. Das war ein Abend wie in alten Zeiten."

„Ich denke, die Aktion war erfolgreich." Conrad grinste zufrieden. „Die werden es sich ganz genau überlegen, bevor sie das nächste Mal etwas hier lassen."

„Ja, wenn sie überhaupt wiederkommen", meinte Leonard.

„Wenn nicht, ist es auch recht. Auf so einen Besuch kann ich gerne verzichten." Conrad stand auf und klopfte sich den Staub von der Hose.

Die Zwerge gingen durch die Gänge auf ihre Seite des Berges, wo Goldlöckchen und Goldlöckchen sicher noch wach lagen und auf eine Gutenachtgeschichte warteten. Heute gab es viel zu erzählen. War alles für Kinderohren geeignet? Aber ja. Denn was hatten die Zwerge an dem Abend getan? Einem Freund geholfen; in eine Hose geschnitten, die davor bereits Risse aufwies; jemanden auf den Boden geschubst, der vielleicht auch von alleine hingefallen wäre; einen Spaten zweckentfremdet, der dadurch oberhalb der Waden landete; eine Kunststoffflasche geworfen; jemanden in den Hintern gezwickt; und Leute in Angst und Schrecken versetzt. Kurzum, ein märchenhaftes Spektakel veranstaltet, bei dem sie erwachsenen Menschen hoffentlich ein paar von ihren Eltern bei der Erziehung vernachlässigte Punkte beibringen konnten. Dafür soll es ja nie zu spät sein.

Conrad war sicher, dass Ralf die Geschehnisse des Abends in eine kindgerechte Form packen konnte. Er hatte einen guten Draht zu den Kleinen.

Anton Schubert spazierte derweil gemächlich nach Hause. Es war die aufregendste Nacht seit Langem gewesen, wie er mehrmals versicherte.

Ein paar Tage später, bei Antons nächstem Besuch, fragte Conrad: „Erzähl, was wird im Dorf gesprochen? Hier ist es etwas lebhafter geworden. Doch das wird auch wieder nachlassen. Ich hab den Eindruck, als lauerten die Besucher darauf, uns zu sehen. Müll bleibt keiner mehr zurück, vielleicht mal eine Kleinigkeit, so als wollten sie eine Reaktion herausfordern. Und manchmal ist alles blitzsauber, bis auf eine Kleinigkeit, sie kann zum Essen oder auch Trinken sein, mit einem Zettel drauf: Für den Waldzwerg."

Anton Schubert setzte sich, legte den ausge- schnittenen Bericht einer Tageszeitung auf den Tisch und sagte: „Hier, lies selbst."

Birkenfeld
Gruppenhalluzination am Schwarzwald Pavillon

Wie die Polizeidienststelle berichtete, sagte eine sechsköpfige Gruppe, drei Männer und drei Frauen, übereinstimmend aus, in der Nacht von Freitag auf Samstag von mehreren kleinwüchsigen Personen in altmodischer Kleidung angegriffen worden zu sein. Der Wortführer Kris F. (Name von der Redaktion geändert) behauptet eisern, sie hätten, nichts Böses ahnend, gemütlich beisammen gesessen, etwas gegessen und getrunken, als urplötzlich eine Horde wilder Zwerge über sie hergefallen sei. Verletzungen konnte keiner der sechs, alle im Alter zwischen zwanzig und vierundzwanzig Jahren, vorweisen. Lediglich Kris F. hatte eine Schürfwunde am Kinn, gab jedoch zu, hingefallen zu sein. Bei Inaugenscheinnahme des angeblichen Tatorts konnten Reste von halluzinogenen Pilzen sichergestellt werden. Herr F. ist kein unbeschriebenes Blatt bei der Polizei. Schon in der Schule kam er mit Alkohol in Kontakt, später mit Marihuana und LSD. Er kann mehrere Anzeigen wegen Verstößen gegen das Betäubungsmittelgesetz sein Eigen nennen. Durch die Verteidigung des renommierten Anwalts seines einflussreichen Vaters ist es bis jetzt jedoch bei Geldstrafen geblieben.

„Hahaha, die Polizei glaubt ihnen nicht. Das ist grandios", frohlockte Conrad und hüpfte von einem Fuß auf den anderen, als hätte er bei Rumpelstilzchen persönlich Unterricht genommen.

Anton verlieh seiner Skepsis Ausdruck. „Aber selbst wenn Jonas und seine Leute nicht mehr herkommen, wird euer Auftritt, falls er geglaubt werden sollte, in Vergessenheit geraten. Es wird die nächste Generation heranwachsen und ihn als eine Schauergeschichte der Alten abtun.

Weißt du noch? Es ist schon eine Weile her, da fragte ich dich, ob ich dir jemanden vorstellen darf."

„Den Bürgermeister?"

„Ja, ein netter Mann, der für jedes Anliegen ein offenes Ohr hat. Ich kenne ihn, seit er das Amt übernommen hat, und er weiß, dass ich schon mein Leben lang dem Ort verbunden bin."

„Wie gesagt, an mir soll's nicht liegen. Wenn du ihn dazu bewegen kannst, bring ihn her."

„Danke, ich rede bei nächster Gelegenheit mit ihm. Nein, ich sag dir gleich, ich bringe ihn mit."

„Mal sehen." Conrad sah Antons Vorhaben mit gemischten Gefühlen entgegen. Sie besprachen noch einige Themen an dem Abend, doch so lange wie früher blieb der Neunzigjährige nicht mehr.

„Ich werde dich bald wieder besuchen. Wie wäre es morgen?"

„Morgen schon?" Conrad blickte fragend zu ihm auf. „Du hast es wohl eilig."

„Na ja, in meinem Alter möchte man wichtige Dinge geregelt haben."

„Ich werde da sein und gewähre ihm eine Audienz. Machen wir keine Uhrzeit aus. Der Bürgermeister ist ein vielbeschäftigter Mann, wir richten uns nach ihm." *Wenn du ihn überzeugen kannst mitzukommen, mein Freund*, fügte er in Gedanken hinzu.

Am Abend des folgenden Tages saß Conrad auf dem Geländer des Pavillons, lehnte an einem Pfosten und ließ die Beine baumeln.

Kies knirschte, es musste mehr als eine Person sein. Die Schritte kamen näher, wurden lauter. Zwei Männerstimmen führten ein vertrautes Gespräch. Anton Schubert hatte es tatsächlich geschafft, den Bürgermeister zu einem Waldspaziergang zu bewegen. Er war ein Mann in den Vierzigern, dessen Augen hellwach in die Welt sahen. Aufmerksam blickte er sich um, erspähte den angekündigten Zwerg, fuhr sich mit der Hand über die Augen und sah abermals hin. Die vermeintliche Einbildung saß noch immer da. Ein fragender Blick in die Augen seines Begleiters, der bestätigend nickte.

Während sie sich näherten, sagte Anton: „Ja, das ist mein Freund Conrad. Habe ich Ihnen zu viel versprochen?"

„Ja, ich meine nein. Das ist phantastisch. Ich hätte nie geglaubt – Ich muss gestehen, ich hatte meine Zweifel. Ich wollte meinen guten Willen zeigen, befürchtete aber, Sie seien einer Einbildung zum Opfer gefallen."

„Und jetzt?", fragte Anton mit breitem Lachen.

„Jetzt bin ich platt und entschuldige mich dafür, dass ich an Ihren Worten gezweifelt habe." Er legte seinem Begleiter die Rechte auf die Schulter.

Der Zwerg sprang vom Geländer, streckte die Hand nach oben. „Gestatten, mein Name ist Conrad von und zu Birkenfelde."

„Ich bin der Bürgermeister." Ein kräftiger Handschlag begleitete das Kennenlernen. „Ich wusste nicht, dass es Zwerge im Bergwald gibt."

„O ja, und nicht nur das. Waldnymphen, Spitzwegerichhüterinnen, Birkenstammpolierer, Hügelfeen, Wurzeltrolle, Wasserelfen, Holunderhuldiger beiderlei Geschlechts und ein Einhorn, allerdings habe ich das schon eine Weile nicht mehr gesehen." Man konnte ihm die Freude am Fabulieren ansehen. Ob alles stimmte, was er sagte, oder ob er die seltene Gelegenheit nutzte, jemandem einen Bären aufzubinden?

Auf alle Fälle sollte man mit offenen Augen durch den Wald gehen, bereit für Neues sein, dann konnten einem schon ein paar Wunder begegnen.

„Setzt euch, ich bin gleich wieder da." Conrad verschwand hinter dem Holunderstrauch in den gut versteckten Höhleneingang und war ein paar Sekunden später zurück. In den Händen hielt er drei Gläser und eine Steingutflasche, großzügig schenkte er ein.

„Auf die Zukunft von Birkenfeld!" Conrad hob sein Glas.

„Dem stimme ich zu", sagte Anton.

„Ein guter Trinkspruch. Ich kann jetzt etwas Starkes brauchen", meinte der Bürgermeister. „Also, wenn du meintest: ‚Ich frag mal Conrad', und jeder dir unterstellte, du wolltest dein Licht unter den Scheffel stellen und es gäbe gar keinen Conrad, hast du uns allen die Wahrheit gesagt und dich wirklich mit ihm beraten.“

„So war es immer.“ Anton hob nahezu entschuldigend die Schultern. „Die Menschen glauben, was sie wollen. Ich habe Conrad seinerzeit gebeten, den Bau hier zuzulassen, und im Gegenzug versprochen, für Ordnung zu sorgen. Jetzt bin ich ein alter Mann und brauche Ihre Unterstützung.“

„Aber die Gemeinde ist doch bereits wöchentlich hier tätig.“

„Sie meinen, ohne die Gemeindemitarbeiter wäre es noch schlimmer und ich habe gar nicht die ganzen Jahre alleine sauber gemacht?“ Antons Stirn legte sich in tiefe Falten.

„Nein, leider nicht. Und dennoch bin ich stolz auf so ein Gemeindemitglied. Nur diesem Umstand habe ich das heutige Zusammentreffen zu verdanken.“

Conrad räusperte sich, schloss die Finger zur Faust und streckte den Daumen nach oben. „Schultheiß, du gefällst mir. Ich gewähre dir das Privileg mich zu besuchen, wann immer du willst. Hast du ein Problem oder möchtest eine zweite Meinung hören, lass uns reden. Ich bin sicher, wir finden eine Lösung. Die meisten Dinge verlieren ihren Schrecken, wenn man darüber spricht.“

„Ja, das stimmt. Danke dir für dein Vertrauen. Ich muss jetzt leider los, hab noch eine Sitzung.“ Der Bürgermeister stand auf.

„Erzähle nichts von mir“, mahnte Conrad.

„Natürlich nicht. Ich sage höchstens, wenn ich nicht weiterweiß: Ich frag mal Conrad." Zum Abschied winkte er, und das Gelächter der Freunde klang in seinen Ohren, während er den Weg zurücklief.

„Na", fragte Anton. „Was hältst du von ihm?"

„Ein aufrichtiger Kerl."

„Ich bin gespannt, wann er das nächste Mal den Weg hierher findet", sinnierte Conrad. „Die meisten Menschen nehmen sich leider zu wenig Zeit und haben vergessen, wie wohltuend ein Aufenthalt im Wald ist."

Die beiden saßen gemütlich zusammen, und irgendwann sagte Anton Schubert: „Sag mal, Conrad, was ich dich fragen wollte, weil du ja auf eine gewisse Lebenserfahrung zurückblicken kannst."

Der Angesprochene nickte bedächtig, ließ dabei den langen weißen Bart durch die Hand gleiten, und wartete geduldig ab.

„Verstehst du die Menschen?"

„Auch ich kann nichts Unmögliches vollbringen." Conrad setzte einen konzentrierten Blick auf, überlegte kurz, bevor er weitersprach. „Einiges verstehe ich, doch mehr noch eher nicht. Als erstes fällt mir dazu ein, warum werden mehr und mehr Wörter eurer Sprache durch englische ersetzt? Wenn es um neue geht, für die es keine hiesige Bezeichnung gibt, finde ich das ja völlig in Ordnung. Du sagtest selbst bei unserer ersten Begegnung, dass dieser

Wald, der Schwarzwald, wunderschön ist, und natürlich hattest du Recht. Wer kam also als Erster auf die unnötige Idee, ihn Black Forest zu nennen? Und schlimmer noch, warum machen es so viele nach?"

„Das kann ich dir wirklich nicht beantworten, obwohl ich darüber auch schon ins Grübeln gekommen bin. Wir müssten jemanden Jüngeres fragen."

„Ach, die jungen Leute", seufzte Conrad. „Sie machen sich zu wenig eigene Gedanken, es sollte ihnen ein Anliegen sein, ihr kulturelles Erbe zu erhalten."

Anton pflichtete ihm bei. „Wenn man ihnen nur klar machen könnte, dass man offen für Fremdes sein und dennoch das Alte bewahren kann."

„Eine Anregung für den Bürgermeister, es als Punkt auf die nächste Sitzung des Jugendgemeinderats zu setzen?"

„Der wird uns sicher verstehen, kann den Lauf der Welt aber auch nicht aufhalten. Außerdem hat er Wichtigeres zu bearbeiten."

„Wahrscheinlich hast du Recht."

Langsam wurde Anton müde und trat den Heimweg an. „Schön, dass ich nur den Berg runter laufen muss. Gute Nacht, Conrad."

„Gute Nacht, Toni, bis bald."

Nur wenige Tage später brachten Gemeindearbeiter zwei Schilder am Pavillon an, die besagten, dass der Aufenthalt nach 21 Uhr verboten sei, gezeichnet: Der Bürgermeister.

Was er sich wohl dabei gedacht hat?, überlegte Conrad. Ich werde ihn fragen.

Auf diese Gelegenheit musste er nicht lange warten. Der Schultes, in Begleitung von Anton Schubert, wanderte am frühen Abend auf die Lichtung. In der rechten Hand hielt er einen kleinen Korb. „Conrad?", flüstere er, gerade so als befürchtete er, sein Zusammentreffen mit dem Zwerg sei eine der farbenfrohen Erzählungen Anton Schuberts geschuldete Einbildung gewesen.

„Ja, was kann ich für dich tun?" Der Waldzwerg erschien sogleich, in der Hand einen Apfel, von dem er genüsslich abbiss.

„Puh, ich bin froh, dass es dich wirklich gibt, ich zweifelte schon ein bisschen an meiner geistigen Gesundheit."

„Ich bin echt und du gesund." Er genoss es, einen neuen Freund zu haben. Das hatte er das letzte Mal im Frühling 1951 erlebt, als er Anton kennengelernt hatte.

Die drei Männer setzten sich unter das Spitzdach und ließen den Blick in die Ferne schweifen.

„Schön, nicht? Nur schade, dass mir die Menschen die Aussicht auf Pforzheim von der vordersten Bank vergittert haben, die hat genau die richtige Höhe für mich." Conrad verschränkte die Arme hinterm Kopf.

Auf Conrads Frage nach dem Schild erklärte der Bürgermeister: „Mit dem Beschluss, den Aufenthalt hier abends zu verbieten, können wir die Feierlustigen abschrecken, die würden wahrscheinlich erst abends herkommen, vermutlich bleiben sie jetzt gleich zu Hause. Und tagsüber wurde selten ein Chaos hinterlassen."

Conrad machte ein zufriedenes Gesicht. „Jetzt kann ich mich mit Anton und dir in der Nacht unterhalten, die Sterne betrachten und die Stille genießen."

Der Bürgermeister sagte etwas bedauernd: „Das hätten wir auch in deinem lauschigen uneinsichtigen Plätzchen machen können, doch leider musste ich mit dem Verbot arbeiten. Es kann doch nicht angehen, dass viele Bürger unter wenigen zu leiden haben. Aber anscheinend funktioniert es nur so, Früh-aufstehern einen schönen Platz bieten zu können. Und ich muss ja auch die Finanzen im Auge behalten."

Anton Schuberts Stimme hatte im Laufe der Jahre an Kraft verloren. Etwas brüchig sagte er: „Ich betrachte es als mein Alterswerk, euch beide miteinander bekannt gemacht zu haben. Eine bessere Tat ist mir selten gelungen. Ich danke dir, Conrad, für deine Bereitschaft, einen weiteren Menschen in dein Leben zu lassen, und Ihnen, Herr Bürgermeister, für Ihre Aufgeschlossenheit Neuem gegenüber."

„Ich musste doch den ältesten Einwohner meiner Gemeinde kennenlernen", lachte der erste Mann im Ort.

„Ja, denn irgendwann, wenn es mich nicht mehr gibt, wird es weiterhin in euren Händen liegen, dass alles läuft." Anton Schubert sah zuversichtlich in den Abendhimmel.

„Daran wollen wir jetzt aber noch nicht denken", wiegelte der Bürgermeister ab.

Conrad schaute in die Sterne, als könne er da die Zukunft erfahren. „Ich glaube, unser Schultheiß wird als derjenige mit der längsten Amtszeit in die Geschichte Birkenfelds eingehen."

„Wenn ich mal nicht weiterweiß, ein Problem habe, das ich nicht lösen kann ..."

„Ist das ein Fall für mich. Conrad bedeutet übrigens ‚der kühne Ratgeber', hat Toni dir das schon erzählt? Und irgendwann, vielleicht bei deiner Pensionierung, wenn du die Geschäfte an deinen Nachfolger übergibst, musst du mich vorstellen, und ihm oder ihr von unserem Geheimnis erzählen. So wäre ich weiterhin in der Lage meine Lebenserfahrung einzubringen und die Geschicke von Birkenfeld mitzulenken."

„Na, dann kann ich ja beruhigt in Rente gehen", sagte der Bürgermeister vergnügt.

Ein leichter Wind trieb Schönwetterwolken über den Himmel, Vögel sangen, zwei Eichhörnchen jagten einen Baumstamm hinauf. Der Apfel hatte Conrads

Appetit angeregt, weshalb sein Magen ein Grummeln von sich gab. Er ließ den Blick in Richtung des vom Bürgermeister mitgebrachten Korbs schweifen, was diesem natürlich nicht entging.

„Hat jemand Hunger?", fragte der ganz allgemein, zwinkerte dabei jedoch Conrad zu.

„Eine Kleinigkeit vielleicht", antwortete Anton Schubert.

Conrad erhob sich, und beugte den Oberkörper über den Tisch, um in den Korb, der auf der Bank gegenüber stand, einen Blick werfen zu können. „Ich könnte sogar essen, wenn ich keinen Hunger hätte. Was hast du dabei?"

Landjäger, Bergkäse, Tomaten, Gurken und ein knuspriges Bauernbrot wurden zwischen den Männern aufgebaut. Mit einem scharfen Messer schnitt der Bürgermeister den Käse in Stücke und das Brot in Scheiben. „Greift zu", forderte der Schultheiß, während er eine Flasche Wein dazustellte.

Man soll nicht glauben, dass kleinere Wesen weniger essen als große. Das kann so sein, muss aber nicht. Der Waldzwerg jedenfalls langte kräftig zu.

Viele Themen kamen zur Sprache, heitere und melancholische Erlebnisse wurden erzählt, witzige und traurige Begebenheiten geschildert, gelacht und auch mal verstohlen eine Träne der Rührung aus dem Augenwinkel gestrichen.

Der lange, gemütliche Abend, der unter einem blauen Himmel begonnen, sich gemächlich verdunkelt und sein Farbenspiel mit einem Abendrot über Violett weitergetrieben hatte, endete schließlich in einer samtschwarzen, nahezu vollkommenen Finsternis.

„Komm, Anton, es wird Zeit zu gehen." Der Bürgermeister stand auf und packte das Messer und die leere Flasche in den Korb.

„Ja. Gut, dass mir der Weg so vertraut ist. Ich bin ihn so oft gegangen und finde auch im Dunkeln heim."

Sie verabschiedeten sich von Conrad von und zu Birkenfelde, und versprachen, ihn bald wieder auf dem Wilhelmsberg im Bergwald zu besuchen.

Schützend breitete die Nacht ihre heimelige Dunkelheit über den malerischen Ort am Rande des Schwarzwaldes.

Eli und Fanti

Eli, eine junge Elefantendame, zog mit ihren Schwestern, jüngeren Brüdern und älteren weiblichen Verwandten und Bekannten durch die afrikanische Steppe. Ihr Zuhause war die Kalahari in Namibia. „Locker bleiben", hieß das Motto der Gruppe, denn anders als bei den Menschen leben bei Dickhäutern Männchen und Weibchen getrennt, einzig Kühe und junge Burschen, die die Geschlechtsreife noch nicht erreicht haben, bilden eine mehr oder weniger große Kolonie.

Eli kam gerade in das Alter, in dem frau beginnt sich für das andere Geschlecht zu interessieren. Ihr Körper veränderte sich, die Hormone machten Überstunden. An ihre neuen Empfindungen musste sie sich erst gewöhnen. Im Moment war sie launisch, konnte sich ihre Stimmungsschwankungen selbst nicht erklären. Erst erfüllte sie Ruhe, im nächsten Moment stampfte sie auf und wurde ungerecht aufbrausend zu ihren Freundinnen und respektlos den Großen gegenüber. Ältere Elefantinnen, die sie stets mit Anstand behandelt hatte, fuhr sie manchmal grundlos an. Für Spiele, die ihr Spaß gemacht hatten, empfand sie sich zu alt, nahezu erwachsen, bezeichnete sie sie nun als Kinderkram. Oft schweiften die Gedanken ab, sie tagträumte von einem stattlichen Bullen. Stark sollte er sein, gescheit natürlich, witzig selbstverständlich, reden und zuhören können. Sie wollte einen Partner, zu dem sie aufschauen konnte, und doch sollte er ihr auf Augenhöhe begegnen. Mit ihm wollte sie durch ein gemeinsames Leben schreiten, was schwer werden würde, weil Bullen größer als Weibchen werden. Auf jeden Fall müsste er in allen Lebenslagen zu ihr stehen. Er sollte Tag für Tag, Jahr für Jahr, bis der Tod sie trennen würde, an ihrer Seite bleiben. Sie wollte sich alle Aufgaben des Daseins mit ihm teilen, egal ob Futtersuche oder Kindererziehung. Diesen Wunsch nach Zweisamkeit traute sie sich jedoch nicht laut zu äußern. Denn ihr war bewusst, ihr Traum entsprach nie und nimmer der üblichen Lebensweise von Elefanten.

Aber, dachte sie sich, ich bin ich, ich fühle, dass ich anders als die anderen bin. Und was die Mehrheit für normal hält, ist mir egal. Wer sagt denn, dass etwas richtig ist, nur weil alle es machen? Da bliebe ja kein Platz mehr für etwas Neues. Alles würde bleiben, wie es ist. Nein. Ihr Weg würde ein anderer sein. Zeit für ein neues Lebensmodell. Sie musste nur den Partner dafür finden. Eli war überzeugt, wenn eine Kuh so dachte, musste es doch auch einen Bullen geben, der so fühlte. Einen einzigen, das würde schon reichen, sie musste ihn nur aufspüren.

Eli hatte die älteren Kühe in ihrer Umgebung beobachtet. Sie trotteten von Wasserloch zu Wasserloch, erzählten belanglose alte Geschichten, und fraßen den ganzen Tag, was ihnen vor den Rüssel kam. Nebenher ein wenig Erziehung der Kleinen und das war's. Dann gab es außerdem die lustige Zeit, in der die Hormone einzelner Männer und die der brunftigen Kühe unkontrolliert aufeinander zustürmten. Die Bullen, die eine Musth erlebten, bekamen einen Testosteronschub. Diese Herren der Schöpfung scharrten voller Freude mit den Hufen und sonderten Pheromone ab, die die empfangsbereiten Kühe anregten. Die Kühe hingegen versuchten sich den Anschein zu geben, dass sie dies alles kalt ließ. Es misslang den meisten kläglich. Des Öfteren bekam die Herde Besuch von prächtigen Bullen im besten Elefantenalter, die bereit waren kleine Elefanten in die Welt zu setzen.

Aber was machten diese potenten Männchen mit ihrer angestauten Kraft? Anstatt dass sich jeweils ein hormonell gestörtes Männchen mit einem ebenso hormonell gestörten Weibchen zusammentat, um flugs die Nachkommenschaft zu sichern, machten diese brunftigen Bullen sich erst mal gegenseitig das Revier streitig. Sie legten eine Aggressivität an den Tag, die sonst nicht ihrer Art entsprach. Wer ist der Größte? Wer der Stärkste? Wer hat die breitesten Schultern? Wer den längsten Rüssel? Kurzum, wer darf sich die Schönste auswählen? Männer!, dachte Eli. Als ob ihre Herde nicht groß genug wäre, um für jeden eine Partnerin zu bieten.

Und die naiven Weibchen standen wartend herum und schauten, wer zu ihnen kommen würde, anstatt selbst auf einen zuzugehen. Sie könnten doch einfach einem direkt in die Augen schauen und sagen: „Hey, du gefällst mir." Mehr brauchte es nicht. Es musste kein total gestelzt klingender intellektueller Satz sein.

Nein, das missfiel Eli. Was brachte ihr der stärkste Bulle, bei ihrem Lebensentwurf, wenn er nur einen Abend blieb? Gelangweilt trottete sie am Ende der Herde durch die Wüste, in ihr hatte die Schwermut Gestalt angenommen und blies Trübsal.

Angeführt wurde die Herde von Rita, der Leitkuh. Ihr Wissen galt als groß und sie gab es, ohne belehrend zu sein, spielerisch an die nächsten Generationen weiter.

Kein Tier, das zu ihren Schutzbefohlenen gehörte, hatte etwas zu befürchten, denn Feinde hatten keine Chance. Etwa ein Löwenrudel auf der Jagd nach Frischfleisch in Form eines jungen Elefantenkalbes. Sie trötete ein Signal zur Formation, stellte ihre Gruppe im Kreis um die Jungen auf, so dass immer ein anderes Mitglied der Herde für die Verteidigung der Kleinen herhalten musste. Selbst die hungrigsten Angreifer merkten früher oder später, wie aussichtslos die ganze Sache war.

Rita hatte registriert, wie unglücklich Eli durch die Gegend lief. Sie nahm sie zur Seite, kraulte Eli mit dem Rüssel hinter dem rechten Ohr und fragte: „Was ist los, Liebes? Was bedrückt dich? Du hast doch allen Grund zur Freude. Bald werden uns bestimmt wieder ein paar Bullen besuchen. Letztes Jahr warst du zu jung, aber diesmal bist du reif genug. Du bist gut entwickelt und sie werden sich um dich streiten. Aus dir ist eine prächtige Kuh geworden."

„Das ist es ja gerade", seufzte Eli. „Ich will keinen Typ für eine Nacht. Ich möchte geliebt werden für alles, was ich bin. Nicht nur für meinen Körper. In einer einzigen Nacht kann ein Bulle doch mein wahres inneres Wesen nie erkennen."

Rite lächelte nachsichtig. „Das sind doch nur Jungmädchenflausen, die du da im Kopf hast. Das geht vorbei. So dachten wir alle, als wir jung waren. Aber glaube mir, ein Mann für einen Abend, ein paar schöne Stunden. Vielleicht wirst du trächtig und bekommst nach knapp zwei Jahren ein Kind. Aber bis es so weit ist, wirst du deine Ruhe haben und das hat auch seine Vorteile."

„Nein, nicht für mich. Da bin ich mir sicher. Ich möchte jeden Tag mit ihm zusammen sein. Und zwar ein Leben lang."

Kopfschüttelnd und ohne ein Wort zu sagen, ging Rita davon. Dieses junge Ding hatte etwas geschafft, das seit Jahrzehnten nicht mehr vorgekommen war. Die lebenserfahrene Rita, die doch auf alles eine Antwort wusste, fand heute keine.

Plötzlich wurde sich Rita ihres Lächelns bewusst. Wie ging doch gleich der alte Spruch, den sie vor langer Zeit gehört hatte?

Keine Antwort wird als Zustimmung gewertet.

Ohne es zu ahnen, hatte Eli alte Gedanken in Rita wachgerufen. Wie jedes Wesen wollte die Leitkuh in ihrer Jugend aufbegehren gegen Konventionen und Gebräuche, die so sind, wie sie sind, nur weil sie immer so waren.

Zu Ritas Zeit jedoch hätte keine Kuh der Anführerin gegenüber solche Äußerungen gewagt. Es bestätigte sie in ihrer Art, wie sie die Herde führte. Keiner ihrer Schutzbefohlenen sollte Angst vor ihr haben, sondern sich jederzeit sicher genug fühlen, um Probleme anzusprechen.

Rita grübelte und grübelte. Elis Sicht der Dinge haftete in ihrem famosen Elefantengedächtnis. Sie musste unbedingt mit Johanna, ihrer Schwester, darüber reden. Diese war fast so alt wie Rita, hatte sich aber ein junges Herz bewahrt. Natürlich würde auch Rita alles für ihre pubertierenden Kühe tun, aber als Alphaweibchen konnte sie sich einen Schongang nicht erlauben. Sie hatte die Verantwortung und musste dafür Sorge tragen, dass ihre Herde auch dann gut fortbestehen würde, wenn sie einmal auf der Regenbogenbrücke unterwegs zum großen Elefantengott Ganesha wäre.

„Hey, Johanna, unsere Eli denkt, sie findet einen Mann, der immer bei ihr bleibt. Die ist doch verrückt.

Was meinst du dazu? Wie soll ich reagieren? Ich weiß weder ein noch aus." Rita stand ratlos vor Johanna und zuckte mit den Ohren.

Johanna zog die Brauen zusammen, überlegte kurz und riss die Augen auf. „Ich habe eine Idee. Wenn wir es so machen, helfen wir ihr, ohne dass sie sich bevormundet fühlt. Du erlaubst ihr sich einen Bullen zu suchen und …"

Rita hob den Rüssel und trötete aufgebracht. „Was? Das geht nicht. Wenn das jede machen würde, liefe die ganze Herde auseinander. Wo kämen wir denn da hin?"

„Ruhig, Rita. Auch wenn du die Leitkuh bist und ich deine jüngere Schwester, kannst du mich dennoch ausreden lassen. Sprich mit ihr, bestärke sie in ihrem Wunsch, sie wird sowieso keinen Partner finden. Das Problem wird sich von allein erledigen."

„Und wenn sie einen trifft?", fragte Rita skeptisch.

„Ach, komm schon. Das glaubst du doch selber nicht. Haben wir jemals in unserem langen Leben so einen Bullen getroffen? Nein, also." Überzeugt von ihrem Plan sprach Johanna weiter. „Du stellst dich auf ihre Seite und sagst, sie kann es gerne versuchen, und dass wir immer einen Platz in der Herde für sie haben werden. Denn wenn du es nicht tust, rennt sie vielleicht davon und in ihr Verderben, weil sie, nachdem sie einsehen wird, dass es ihren Wunschpartner nicht gibt, sich nicht mehr zurück trauen könnte. Fehler eingestehen und sagen, dass sie

Unrecht hatten, können die Jungen meist nicht. Das lernt man erst später."

Rita legte ihre Stirn in Falten, dachte nach. Schließlich sagte sie: „Gut, ich glaube, so könnte es gehen. Wenn ich ihr die Freiheit lasse, wird sie am Ende bleiben. Außerdem wird sie nie einen Bullen finden, der es so lange mit nur einer Kuh aushält."

Gutgelaunt rief Rita nach Eli.

Die junge Kuh hörte ihren Namen, stellte sich jedoch taub, weil sie keine Lust auf eine Predigt von Rita hatte. Auf den zweiten, energischeren Ruf reagierte sie unwillig und lief zu Rita.

„Ah, da bist du ja, meine Liebe, schön, dass du mich gehört hast." Eli blickte beschämt zu Boden, was Rita elegant überging. „Ich habe meine Meinung geändert. Du kannst tun, was du willst, und hast meine volle Unterstützung. Such dir einen Mann, der immer an deiner Seite durch die Kalahari ziehen möchte. Außerdem möchte ich dir versichern, dass wir stets einen Platz für dich haben werden und du jederzeit willkommen bei uns bist."

Überrascht hob Eli den Kopf. „Ehrlich?"

„Ja", antwortete Rita knapp. „Und jetzt geh spielen."

Pah, dachte Eli, aus dem Spielalter bin ich raus. Doch sie wollte Ritas Wohlwollen nicht riskieren, indem sie die Antwort gab, die ihr auf der Zunge lag.

Ein paar Meilen weiter schlenderten zwei junge Bullen durch die Wüste. Sie sprachen über dies und das, kamen vom Hundertsten ins Tausendste, doch stets kehrte ihr Gespräch zu einem Punkt zurück, der ihnen beiden am Herzen lag: Elefantenweibchen.

Dass diese beiden sich so gut verstanden, konnte daran liegen, dass es Brüder waren. Randy, drei Jahre älter als Fanti, erlebte die dritte Musth, einen Testosteronschub. Er hatte seinem Bruder oft davon vorgeschwärmt. „Es ist ein unvorstellbar gutes Erlebnis, man fühlt sich aufgeputscht wie nach dem Fressen eines ganzen Kokastrauchs. Beim ersten Empfinden dachte ich, mein Gott Ganesha, was passiert mit mir? Ich hätte von früh bis spät tanzen können."

Fantis Körper hatte eben denselben Hormonschub produziert. „Ich spür genau, was du meinst. Es ist unbeschreiblich, nur wer es kennt kann es verstehen. Ich könnte rennen und gleichzeitig schweben und hüpfen."

„Genau das ist es."

Randy gab eine Rede zum Besten: „Wir werden bald auf ein paar junge knackige Weibchen treffen. Ich kann sie bereits wittern. Ich sage dir, es gibt nichts Schöneres als eine nette gepflegte Angeberei, Fanfarenstöße aus dem Rüssel pusten und zeigen, dass man die besten Gene in sich vereint und bereit ist sie abzugeben. Man sucht die schönste Braut, verschwindet mit seiner Beute im Busch und vergnügt sich."

Fanti hatte das alles gefühlt tausendmal gehört, deshalb ließ er seine Gedanken in die Wüste schweifen, träumte von einer Oase mit großem, schattigem See, in dem seine Kuh ein ausgiebiges Schlammbad nehmen würde, um ihn mit zarter Haut empfangen zu können.

„Hey, kleiner Bruder, hörst du mir überhaupt zu?", trötete Randy.

„Aber klar doch, ich könnte jedes Wort wiederholen."

Fanti, der absolut romantisch veranlagt war, drehte sich fast der Magen um. Er hatte sich bisher nie geprügelt, spürte auch kein Verlangen danach. Und seine Herzensdame sollte doch wohl nur mit ihm zusammen sein wollen. Er sehnte sich nach einer Frau, keiner Trophäe, die sich nur für seine besten Posen interessierte. Sie sollte selbst denken und entscheiden, mit wem sie den Abend und vielleicht das ganze Leben verbringen wollte.

Wie konnte sein Bruder, ein Elefant wie er, von derselben Mutter abstammend, nur so respektlos über Elefantenweibchen reden? Diese grazilen Geschöpfe mit ihren schwarzen sanften Augen umrahmt von geschwungenen Wimpern, den schlanken Beinen und ihrem anmutigen Gang. Er war sich immer bewusst gewesen, kein Bulle für eine Nacht zu sein. Er hoffte irgendwo, irgendwann einem Mädchen zu begegnen, das nur darauf wartete, den Rest seines Daseins mit ihm zu verbringen. Er wollte seine Kinder aufwachsen sehen, ihnen seine Sicht der Dinge weitergeben. Er war überzeugt davon, dass er gut die Rolle eines fürsorglichen Vaters einnehmen könnte.

Als Fanti seinem Bruder sagte, wie er sich sein Leben vorstellte, lachte der nur schallend und meinte trocken: „Warum willst du dir eine Kuh zulegen, nur weil du gelegentlich ein wenig Zerstreuung brauchst?"

Fanti legte all ihm zur Verfügung stehenden Groll in seinen Blick. „Ich brauche keine gelegentliche Zerstreuung. Ich will die große Liebe meines Lebens finden, eine Partnerschaft haben, ein Weibchen für mich alleine, das mit mir eine Familie gründet."

Randy schüttelte den Kopf. „Manchmal bezweifle ich, ob wir wirklich Brüder sind. Unsere männlichen Ahnen würden das weder wollen noch verstehen."

„Und Mama?", fragte Fanti.

„Bist du ein Bulle oder eine Kuh?", wollte Randy jetzt wissen.

„Natürlich bin ich ein Bulle. Aber in erster Linie bin ich ich. Und ich will mein Leben so leben, wie ich es dir gesagt habe."

„Gut. Du wirst schon sehen, ob du ein Weibchen findest, das das ganze Jahr bei dir bleiben möchte. Die wollen auch nur ihren Spaß haben."

„Vielleicht sind nicht alle gleich. Sicher gibt es Unterschiede."

Schweigend, jeder in seine Gedanken vertieft, gingen sie weiter. Eigentlich war keiner böse auf den anderen, doch einlenken wollte keiner von ihnen.

Randy hob nach einer Weile prüfend den Rüssel: „Kannst du sie riechen? Sie müssen ganz in der Nähe sein."

Fanti legte die Stirn in Falten und zog schnuppernd die Luft ein. Ob er wollte oder nicht. Auch er musste sich eingestehen, er freute sich auf den Anblick der Herde. „Ja, du hast recht. Möglicherweise ist ja eine dabei, der ich gefallen könnte."

Randy hob die Schultern, nahm einen aufrechteren Gang an. „Natürlich. Ich bin ja dabei, sie sieht deinen großen Bruder und weiß, wie du dich entwickeln wirst."

„Deine Einbildung könnte abstoßend auf die Damenwelt wirken. Neben einem eitlen Kerl kann doch keine Frau ihre eigene Persönlichkeit entfalten."

„Na und? Nächste Woche ziehen wir weiter."

Fanti sah Randy genervt an. „Wir sind afrikanische Buschelefanten, haben weitaus größere Ohren als unsere asiatischen Verwandten, aber hörst du mir überhaupt zu?"

„Ach, Junge, irgendwann wirst du mich verstehen." Randy setzte seinen Gang fort, während Fanti ihm erst kopfschüttelnd nachsah, schließlich aber doch folgte.

Randys vorgefasste Meinungen machten ihn konventionell bis zur Langweiligkeit.

Bis vor Kurzem hatte Fanti zu seinem Bruder aufgeschaut und jeden seiner Sätze als Gesetz genommen. Aber warum konnte etwas nur so sein und nicht auch andersherum? Man brauchte doch nur mal mit dem Hintern zum Wasserloch stehen und es durch die Beine ansehen und augenblicklich sah es ganz anders aus.

Rita ließ ein einladendes Trompeten erschallen, mit dem sie die ankommenden Bullen begrüßte. Als älteste und erfahrenste Kuh hatte sie die in der Luft liegende Spannung als erste wahrgenommen.

Randy und Fanti galoppierten auf Ritas Mädchen zu. Die Damen wurden immer ausgelassener. Zwar nahmen sie sich stets vor die Unnahbaren zu spielen, aber sobald die Luft voller Glückshormone war, konnten sie nicht mehr an sich halten. Selbst die älteren kicherten wie Teenager, scherzten albern und nahmen die Bullen neugierig in Augenschein.

Aus der entgegengesetzten Richtung rannten zwei weitere Bullen auf die Weibchen zu und direkt an ihnen vorbei. Sie hatten zufälligerweise ebenfalls gerade einen Testosteronschub erlebt. Jeder der grauen Riesen meinte, er sei der Stärkste, und wollte das natürlich auch sogleich unter Beweis stellen. Sie hoben die Stoßzähne, brüllten zum Angriff, bäumten sich auf, das übliche Imponiergehabe. Schnell war zwischen ihnen und Randy eine gewaltige Keilerei im Gange. Jeder wollte als Oberbulle am Ende des

Kampfes übrig bleiben, doch es konnte nur einen geben. Nach ein paar Minuten trollte sich der eine, dann der andere an den Rand und äugte scheu zu den zuschauenden Elefantendamen. Der stattliche Randy, angefüllt mit Adrenalin und Selbstbewusstsein, posierte stolz als Sieger in der Mitte einer Staubwolke, die sich langsam legte.

Weit abseits stand Eli und schaute sich das verrückte Treiben an. Was soll das?, dachte sie. Es hat doch genug Weibchen für vier Bullen. Warum wird so viel Energie mit Kampf verbraucht?

Die anderen Kühe standen neugierig dabei und hatten nur einen Gedanken: Bekomme ich den kraftvollen, muskulösen Gewinner? Den großen, starken, der meinen Kindern die besten Eigenschaften vererben wird?

Auf der anderen Seite der Arena stand Fanti. Er hatte dem Wettstreit unbeteiligt zugesehen. Der junge Elefantenbulle war nicht für den Konflikt geboren, er ging eher gemütlich durchs Leben. Weiträumig umrundete er die Stelle, an der sein Bruder mit den anderen gekämpft hatte. Auf einmal geriet eine Kuh in Fantis Sichtkreis, die sich von all den übrigen abhob.

Nichts deutete darauf hin, dass sie auch nur im Entferntesten daran Interesse hatte, wer als Sieger den Platz verließ. Eher gelangweilt sah sie dem ausgebrochenen Chaos zu. Hirnlos, schien sie zu denken.

Fanti blieb in gebührendem Abstand neben Eli stehen. Er schaute sie neugierig von der Seite an, konnte seinen Blick nicht von diesem bezaubernden Wesen nehmen, das sich so ganz anders als ihre Freundinnen verhielt.

Eli fühlte sich intensiv beobachtet und schaute in die Richtung, aus der sie angestarrt wurde. Ihre Blicke knallten ineinander. Es war paradox, ein sanftes Feuerwerk, das in Zeitlupe zwischen ihnen hin und her zu springen schien.

Eli erkannte die ruhige Art des Männchens, das plötzlich neben ihr aufgetaucht war. Konnte es sein? Bestand die Möglichkeit? Jetzt traute sie sich fast nicht ihn anzusprechen, doch sie nahm all ihren Mut zusammen. „Hey, du gefällst mir. Ich bin Eli."

„Mein Name ist Fanti." Schüchtern sah der sanfte Bulle zu Boden.

„Du hast nicht gekämpft. Du bist anders." Was gebe ich nur für stumpfsinnige Sätze von mir, dachte sie.

„Du auch. Du hast teilnahmslos ausgesehen." Mit dem Fuß zog er eine Linie in den Sand.

„Uninteressiert am Kampf, ja." Langsam kam ihre Sicherheit zurück. „Ich suche einen kräftigen Mann, aber nicht brutal. Geistige Stärke finde ich anziehend, man muss sich verstehen. Gespräche sind mir wichtig."

Fantis Blick wanderte an Elis Rüssel hoch. „Das denke ich auch. Ich möchte mich ein Leben lang mit dir unterhalten, dich richtig kennenlernen, bis wir uns so vertraut sind, dass jeder weiß, was der andere denkt."

Elis Augen glänzten. „Ich habe gehofft, aber nicht geglaubt, dass es so einen Bullen gibt."

Er sah ihr in die Augen. „Hier bin ich."

Ihre Blicke verschmolzen und sie wussten, sie waren füreinander bestimmt. Hier in der unendlichen Weite der afrikanischen Steppe hatten sich Seelenverwandte getroffen.

Eli hatte ihren Traumelefanten gefunden. Und Fanti wusste, für seine Eli würde er bis ans Ende der Steppe gehen. Aber was sollte er dort? Da war sie ja nicht, sondern hier bei ihm.

Plötzlich sahen alle, Bulle wie Kuh, das junge Glück an, das sich hier eben ganz nebenbei gefunden hatte.

Ein besonderer Zauber lag in der Luft. Eine Verbindung, wie sie nur alle paar Jahrzehnte zustande kommt.

Ohne ein Wort von Fanti an Randy oder von Eli an Rita machten sich die beiden auf den Weg in eine gemeinsame Zukunft. Die Rüssel suchten und fanden sich, sie beschnupperten ihren Lebensgefährten und was sie rochen, gefiel ihnen.

Den Zurückbleibenden blieb nur der Anblick der zwei dicken Elefantenhintern, die im Gleichklang in der Wüste verschwanden.

Wissen schützt vor Bosheit nicht

Der Drache Damerius Dampf beendete soeben sein zwölftes Lebensjahr. Zu seinem Bedauern war er bei der Geburt ziemlich farblos aus dem Ei geschlüpft. Runzlig, grau, hässlich selbst in den Augen der Mutter, die, wie alle Eltern, ihr Neugeborenes dennoch für das schönste Kind der Welt hielt. Sein Lehrer Eratus sprach ihm Mut zu: „Mach dir nichts draus, Kleiner, hab Geduld. Das wird schon noch." Junge Drachen besitzen zwar viel. Da wären Hunger, Neugier, schwefeliger Atem, aber Geduld gehört nicht zu ihren herausragenden Eigenschaften.

Im Lauf der Zeit wuchs Damerius zu einem dürren, kleinen Drachen heran, außerdem blieb er grau und hässlich. Die Kinder in der Drachenschule entwickelten Stärke, einen harten Schuppenpanzer und landeten beim Wettfliegen vor ihm im Ziel. Wie sehr Damerius sich auch anstrengte, er fand keine Aufnahme in den erwählten Kreis der Coolen. Immer öfter zog er sich in seine Höhle zurück, wo er die kleine rauchende Nase in Bücher steckte. Auf diese Weise lernte er unheimlich viel, einen Vorsprung, den die Mitschüler nie würden aufholen können. Wegen all der Sportwettkämpfe vergaßen sie, den Geist zu trainieren.

Eines Morgens bemerkte er Veränderungen an seinem Körper. War er vielleicht ein so genannter

Spätzünder? Plötzlich wuchsen Muskeln, wo vorher nur Haut war. Damerius war jeden Morgen gespannt, was er Neues an sich entdecken würde. Eine tiefere Stimme, schärfere Krallen, mehr Dampf. Die Natur hat es wunderbar eingerichtet. Unscheinbare Kinder haben den Vorteil, das größere Potenzial zur Weiterentwickelung zu besitzen. Rote Drachen bleiben rot, grüne bleiben grün, aber aus mattgrauen werden später silberglänzende Erwachsene. Einzig das Feuerspucken bereitete ihm noch Schwierigkeiten. Die anderen stießen problemlos einen Feuerstrahl aus. Bei ihm kam nichts. Nur heiße Luft. Diesem Umstand verdankte er auch den Spitznamen Dampfi, was nicht gerade sein Selbstvertrauen hob.

Die Drachenschule war voll öder Theorie. Lehrer, die sagten, was falsch, leider nicht, was richtig war. Eratus, der weise Schuppenträger, bildete die einzige Ausnahme. Der Lehrdrache unterrichtete seit vielen Jahrzehnten und schaffte es mit seiner tieftönenden Stimme, die Zuhörer in seinen Bann zu ziehen. Der alte Eratus besaß die Gabe, in jedem Schüler das Talent zu sehen und zu fördern. Warum sollten die Jungen etwas lernen, das ihnen überhaupt nicht lag? Schon früh war er zu dem Schluss gekommen, dass es mehr brachte, die vorhandenen Interessen zu schüren und Fähigkeiten auszubauen. Jedes Kind besaß Begabungen.

Bei Damerius war ihm das Gespür für den Umgang mit der Sprache aufgefallen. So legte Eratus ihm die uralte Drachenliteratur ans Herz. Ihre Schöpfer hatten bis zur Vollendung an jedem Satz gefeilt, bis sie zufrieden waren. „Bildet euch in jungen Jahren, erweitert Wissen und Wortschatz", war ein Spruch, den er den Schülern mitgab, seit er den Lehrauftrag angenommen hatte. Eratus empfahl ihnen, nicht zu schnell zu lesen, sondern sich den Erzähler als sprechende Person vorzustellen, die die Geschichte mit der richtigen Betonung vortrug und dadurch die Zuhörer fesselte. Geistreiche Autoren hatten sich seit jeher bemüht, einen formvollendeten Text aufs Papier zu bringen, oft für die perfekte Seite Tage geopfert. Die jungen Drachen sollten diese Arbeit mit aufmerksamem Lesen würdigen und nicht aus Neugier mit den Augen über die Zeilen huschen, die Endungen verschlucken oder geniale Wortkonstellationen über-sehen.

Damerius vertraute den Ratschlägen seines Lehrers und eignete sich einen Wortschatz an, den seine Mitschüler nicht verstanden.

Heute war sein zwölfter Geburtstag. Am frühen Morgen ließ ihn die neuerwachte Energie durch die Luft segeln, bis er außer Atem war und auf einer Wiese verschnaufen musste. Im Nu hatte ein Netz seinen Körper umschlungen. Damerius war gefangen.

Eine Hexe beäugte ihn, wobei ihre Hand das warzige Kinn rieb. „Was ist mir denn da für ein

Vögelchen in die Falle gegangen?" Die krächzende Stimme kam aus einem lippenlosen Mund.

„Bist du blind? Ich bin ein Drache und kein Vogel, das sieht man doch", schnauzte Damerius die Alte an. „Lass mich sofort frei."

„Langsam, langsam, kleiner Hitzkopf. Ich gebe dir ein Rätsel auf. Löst du es, bist du frei … und ich erfülle dir einen Wunsch. Antwortest du falsch, bleibst du bei mir - als mein Feuerzeug."

„Früher, in den alten Geschichten, hatte man immer drei Wünsche frei."

„Das war früher." Sie lachte, wie nur böse, garstige Hexen lachen können. „Jetzt höre zu, ich hab nicht den ganzen Tag Zeit. Es geht um eine mittelalterliche Sage. Die Menschen glauben, es ist eine ihrer Geschichten, doch in Wahrheit war es eine Drachenerzählung. Die zweite Hauptrolle, der menschliche Held, war fast unbesiegbar. Nur an einer Stelle konnte er verletzt werden. Sage mir, wo? Ich gebe dir drei Minuten, überlege gut. Ich glaube ja nicht, dass ihr Jungen, noch grün hinter den Ohren, etwas über klassische Mythologie wisst."

Damerius fühlte, der Augenblick war gekommen, um aus seinem Wissen Nutzen ziehen zu können. Aber erst wollte er ein wenig die Hexe ärgern.

„Nun", begann der Silberdrache ganz gemächlich, weil er sich seiner Sache sehr sicher war, „grün war ich nie, nirgends, auch nicht hinter …"

„Lenk nicht vom Thema ab", zischte die Alte wütend. Ihr Fuß malträtierte klopfend das Gras unter ihm, wahrscheinlich glaubten die Ameisen an ein Erdbeben und flohen in die nahegelegene Stadt. „Die Zeit läuft. Ich muss nach Hause, meinen Kröteneintopf umrühren. Hahaha. Kleiner Scherz, ist eigentlich nur Froscheintopf, aber Kröte hört sich makabrer an, findest du nicht? Los jetzt!"

Damerius sah, wie sich die Hexenaugen zu Schlitzen verengten, doch sein Übermut gewann die Oberhand, er reizte weiter. „Wie oft darf ich raten, sagtest du?", fragte er mit Unschuldsmiene.

„Treib es nicht zu weit, Junge. Ich zähle genau bis drei. Eins", der Zeigefinger drohte, als ob sie ihn erstechen wollte. „Zwei."

Damerius fragte sich nach der Blitztauglichkeit ihrer Hand.

„Und …"

„Stopp", unterbrach der Drache. „Ich sag's."

„Du weißt es?" Untertellergroße Augen starrten ihn an.

„Ja sicher. Das finde ich nicht schwer, aber jeden anderen Drachen aus meiner Klasse hättest du auf diese Art haben können. Zwischen den Schulterblättern ist der starke Mann verletzbar. Und jetzt lass mich frei."

„Niemals."

Nun bekam Damerius es doch mit der Angst zu tun. Unehrlichkeit konnte er nicht ausstehen. Verzweiflung trieb seine Wut ins nie Dagewesene. Er atmete ganz tief ein, sein Bauch spannte sich unter dem Netz, das ihn noch immer gefangen hielt. Dann ließ er zischend und fauchend die Luft aus seinen Lungen durch die Nase schießen. Ein glühender Feuerstrahl, der erste seines Lebens, entlud sich. Er traf die Hexe, deren Haare und Besen sofort lichterloh brannten. Schreiend rannte sie über die Lichtung, kam jedoch nicht sehr weit. Als sie auf den Boden stürzte und sich nicht mehr bewegen konnte, brach der Bann der magischen Fessel. Damerius war frei. Er schwang sich empor, stieß weit hinauf in die Lüfte, zog adlergleich seine Kreise, bis von der Hexe kein Rauch mehr aufstieg.

Der aus seiner misslichen Lage Befreite dachte an den alten Eratus. Wie war sein Spruch gewesen? „Erweitert Wissen und Wortschatz."

Das hatte Damerius getan, und es hätte ihm sein Leben gerettet, wenn die Hexe zu ihrem Wort gestanden hätte. So siegte er durch seine Wut und konnte jetzt Feuer spucken. Das böse Weib würde niemanden mehr übers Ohr hauen. Ende gut, Hexe tot.

Im Wartezimmer des Todes

Zwei Männer aus der Führungsetage eines großen konventionellen Lebensmittelkonzerns fuhren mit dem Firmenwagen zur nächsten Filiale. Man konnte ihren Körperumfängen die sitzende Tätigkeit ansehen. Bei dem älteren Fahrer namens Salazar Snake hatte sich der Haaransatz weit nach hinten und zu den Seiten zurückgezogen, was Platz für einen sehr breiten Mittelscheitel ließ. Der Beifahrer, Marlon Banditi, versuchte mit dem Einsatz von Gel auf jung zu machen, allerdings sah es eher schmierig als cool aus.

Ein Navi im Armaturenbrett wies den Weg. An der Kreuzung schaltete die Ampel gerade auf Grün, so gefiel es ihnen. Niemand hielt sie auf.

Aufmerksamkeit und Mitdenken gehörten verhängnisvollerweise nicht zu ihren Stärken. Ansonsten hätten sie sicher noch genug Zeit für eine Vollbremsung gehabt, um einen Zusammenstoß mit dem von Weitem sichtbaren LKW zu verhindern. Der musste doch Rot haben, der würde doch sicher bemerken, dass er Rot hatte, oder?

Sie hatten Vorfahrt, keine Frage, die würden sie sich auch nicht nehmen lassen. Der Truck war stärker, auch keine Frage. Letzten Endes ist bekanntlich ein großer Audi gegen einen Vierzigtonner machtlos.

Der Lastwagenfahrer war nur einen Moment lang abgelenkt, vielleicht übermüdet von der langen Fahrt, wodurch er die rote Ampel übersah. Im Radio lief *Highway to Hell*, nun, das galt nicht für ihn, heute noch nicht.

Marlon Banditi saß auf dem Beifahrersitz, er sah den Laster kurz vor dem unvermeidlichen Zusammenstoß von rechts auf sich zu rasen. „Achtung, der LKWeeeeee", waren seine letzten Worte, die in einen kurzen Schrei übergingen. Dann war er still.

Es war eng, stickig und heiß. Qualm zog in Schwaden über den Boden und ein unerträglicher Gestank nach Schwefel hing in der Luft. Im mächtigen, nahezu mannshohen Kamin flackerte seit Jahrtausenden ein nettes Feuerchen, dessen Flammen überraschend herauszüngeln konnten, um vorbeilaufende Personen zu erschrecken. Weit entfernt waren Schreie zu hören, bis ins Mark erschütternde, entsetzlich gequält klingende Schreie.

Die Seelen ehemaliger Menschenschinder rösteten im ewigen Fegefeuer. Wenn sie dachten, sie hätten jetzt ihrer Sühne genüge getan, die Strafe wäre abgesessen und überstanden, weil es das endgültige Ende sein musste, sie seien nicht mehr fähig, auch nur eine weitere Minute in der Hölle über den fast tödlichen Flammen auszuhalten, jetzt musste es eine Veränderung geben oder ein für alle Mal vorbei sein, sahen auch sie endlich das berühmte Licht am Ende des Tunnels. Es kam näher und die Seelen der Verdammten oder die verdammten Seelen schöpften

Hoffnung, dass auch auf sie am Ende das Paradies warten würde. Ein klassischer Fall von Denkste.

Der Lieblingsscherz des Sensenmannes. Zurück auf Los. Nochmal von vorn. Ein weiteres Mal Quälen bitte, die Temperatur noch etwas höher. Es sollte ja keine Gewohnheit entstehen. Flexibilität wurde allerorts gefordert.

Vergnügt und gut gelaunt fläzte Norbert, der Sekretär des Todes, auf dem Stuhl an seinem Schreibtisch, die Füße links neben dem Bildschirm abgelegt. Seine bevorzugte Arbeitskleidung bestand aus einem leichten Leinenhemd, bei dem er die drei oberen Knöpfe offen ließ, Bermudashorts und pelzgefütterten Flipflops. Mit ihnen wollte er seinen Besuchern nonverbal vermitteln: Stellt euch nicht an, so heiß ist es doch gar nicht. Trotz der höllisch angenehmen 49,5° Celsius machte er einen tau-frischen Eindruck. Die Temperatur fand er genau richtig, 50 Grad wären viel zu heiß gewesen. Seine blauen Augen sahen verschmitzt in die Unterwelt. Die roten Haare verstrubelt, am Kinn ein Ziegenbärtchen, die Gesichtsfarbe hell wie bei den meisten Rothaarigen und am Ohr baumelte ein Anhänger in Form eines Henkerbeils. Er war ein ziemlich verrückter Typ, versuchte oft mehrere Dinge gleich-zeitig zu erledigen, worunter die Qualität seiner Arbeit litt.

Norbert konnte eine wohlproportionierte Figur sein Eigen nennen, was dem Wort Speckdrum eine ganz neue Bedeutung verlieh. Er war ein absolut entzückendes Kerlchen, denn der Knochenmann umgibt sich gern mit distinguierten Menschen. Schönheit besitzt derjenige, der mit sich selbst zufrieden ist, und das war Norbert. Ein kühles Getränk, garniert mit einem Orangenschnitz, stand neben seiner kabellosen Maus. Aus diskret im Raum verteilten Lautsprechern drang angenehme Musik, die einer Bar auf Kuba würdig gewesen wäre. Doch Norbert arbeitete unter Pforzheim, einer Stadt zwischen Karlsruhe und Stuttgart. Die Hölle war natürlich weltumspannend, es gab Niederlassungen in allen Ländern und in jeder größeren Stadt eine Zweigstelle.

Seit auch die Hölle auf EDV umgestellt hatte, nutzte Norbert das NostraD-Computerprogramm, das natürlich nur weit unter der Hand, dafür zu einem immens hohen Preis, zu bekommen gewesen war. Sein Chef besaß genug, und Norbert hatte eine Kontovollmacht. Gevatter Tod entging die Ausgabe nicht, seinem Sekretär machte er allerdings keinen Vorwurf, denn auch er liebte derlei Spielereien. Er wusste, irgendwann würde auch dieser Programmierer, der jetzt übers Darknet verkaufte, vor ihm stehen. Kein Mensch konnte das Leben überleben. Am Ende gewinnt immer der Tod, sein Geld kommt zurück, denn wie man aus der Literatur weiß, wurde für einen Pakt mit dem Teufel schon des Öfteren ein unüberlegt hoher Preis bezahlt. Er würde mit dem

Programmierer spielen und einen weiteren Sieg davontragen.

Mit diesem Programm konnte Norbert mehrere Jahre in die Zukunft sehen, doch meistens genügten ihm zehn Minuten, um zu wissen, mit wessen Ankunft er zu rechnen hatte. Rechts waren die guten und links die schlechten Taten, was natürlich reine Ansichtssache war, in Spalten aufgeführt. Wer hier ankam, bei dem überwogen die Eigenschaften, die seinem Meister gefielen. Außerdem gab es eine Liste mit Freunden, die schon hier waren. Einer der Vorteile in der Hölle, oder auch nicht, man traf alte Bekannte wieder. Bei den einen freute man sich sie wiederzusehen, den anderen ging man besser aus dem Weg, denn hier gab es keine Verfolgung von Straftaten.

Norbert liebte seinen Job. Um ihn zu ergattern, hatte er seine Vorgängerin in eine Falle gelockt und über eine Klinge springen lassen. Das war hier nicht nur eine Redensart, sondern wörtlich gemeint.

Lange war die brave Seele jedoch nicht gesprungen. Schnell ging ihr die Puste aus. Was weiter mit ihr geschah, nun, dazu fragen Sie am besten den tanzenden Schwertdämon aus Solingen.

Plötzlich entstand Bewegung auf dem PC, eine Straßenkarte mit zwei Punkten, die aufeinander zu rasten, erschien. Norbert schaltete den Ton lauter, er fand es faszinierend, den letzten Worten zu lauschen, dachte oft, wie belanglos, doch die Kandidaten wussten natürlich nicht, dass ihr Lebensende kurz bevorstand, sonst hätten sie sicher Wichtigeres von sich gegeben.

Salazar Snake, der Fahrer und Herrn Banditis Untergebener, war in seine Gedanken vertieft gewesen. Die wurden Norbert als Untertitel angezeigt, ein Update des NostraD-Programms. Es müsste doch möglich sein, mehr Gewinn aus der Firma rauszuholen. Vielleicht weniger Personal und dafür mehr unbezahlte Überstunden. In den Achtzigern des letzten Jahrhunderts gab es noch diese freiwillige aufrechenbare Firmenzulage. Mit ein paar Mark mehr waren sämtliche anfallenden Überstunden abgegolten. Warum wurde sie damals abgeschafft? Man müsste sie wieder einführen. Ist das möglich? Das sollte ich durch die Rechtsabteilung prüfen lassen. Die Idee war auf jeden Fall genial. Oder man könnte ungelernte Praktikanten einstellen, die von Fremdfirmen mit einem Billiglohn abgespeist werden. Wir bieten einen Vollzeitarbeitsplatz mit flexiblen Zeiten. Sie dürfen jederzeit früher anfangen und dafür länger bleiben. Diesen netten Versuch, die Gewinnspanne zu erhöhen, würde er nicht mehr in die Tat umsetzen können. Der Tod machte ihnen in Gestalt des LKW-Fahrers einen dicken Strich durch Herrn Snakes letzte imaginäre Sparmaßnahme.

Die beiden Männer liebten es, Menschen in über hundert Orten mit ihrem Erscheinen zum Zittern zu bringen. Das Leben bestand aus Vorgaben, die ihre

Angestellten einzuhalten hatten. Sinnvoll oder nicht war zweitrangig, möglich oder unmöglich interessierte keinen. Sie waren oben. Sie hatten Recht und dem Personal bekundeten sie, dass Denken unerwünscht war. Die beiden Herren konnten Anweisungen von ganz oben empfangen und ließen sie von anderen umsetzen. Ein Leben ohne Weisungsbefugnisse lag außerhalb ihrer Vorstellungskraft.

Jetzt würden sie Befehle erhalten. Vom Obersten der Unteren.

Der ohrenbetäubende Knall war sicher kilometerweit zu hören, ihm folgte direkt ein aufsteigender Feuerball, der sich wie im Actionfilm in eine schwarze Rauchsäule verwandelte. Trümmer zischten durch die Luft, knallten gegen die Leitplanken, rissen Schnitte in die nachkommenden Autos, deren Bremsen sie kreischend zum Stillstand brachten. Der Sensenmann liebt Special Effects.

Mühelos machte der LKW den großen Wagen platt. Dem Fernfahrer passierte wenig, außer dass er ruck, zuck hellwach war. Er bremste, aber auch das half den Personen im Audi nicht mehr. Sie waren sofort tot, und augenblicklich machten sich ihre Seelen auf den Weg ins Jenseits.

Die Herren Snake und Banditi standen am Ende einer sehr langen Reihe. Ihre feinen Sakkos gaben letzte Rauchschwaden von sich, die Hemden, ehemals weiß und rosa, jetzt grau, angesengt. Die Blicke irritiert, Köpfe gesenkt, und die Gesichter rußschwarz.

Sie sahen sich erstaunt an und gleichzeitig jeweils durch den anderen hindurch.

Snake traute sich zu fragen: „Wo sind wir hier? Dieser Ort wurde vom Navi nicht angezeigt. Wo ist unser Wagen?"

Als die ersten Schreie der Gequälten zu ihnen heraufdrangen, dämmerte ihnen, dass sich ihr Dasein grundlegend geändert hatte.

Sehr langsam wurde ein Wartender nach dem anderen ins Büro des Todes gerufen. Die Zeit verging schleppend. Der Assistent wollte sie anscheinend schon jetzt etwas schmoren lassen.

Norbert hatte tatsächlich eine treffsichere Intuition für die besonders üblen Mitglieder der menschlichen Spezies entwickelt. Eine kleine Freude seines Alltags bestand darin, ungeduldige Menschen länger warten zu lassen. Deshalb rief er auch gerne mal jemanden auf, der erst nach den Herren eingetroffen war.

Marlon Banditi murrte verärgert. Nicht gewohnt, warten zu müssen, schickte er Salazar Snake, seinen Laufburschen, zum Schreibtisch an den Anfang der Schlange. Sollte der erst mal nach dem Rechten sehen.

Mürrisch übernahm der dicke Mann den Auftrag. Seine Gewohnheit, mit unangenehmen Dingen umzugehen, war sie weiterzuleiten. Auf die Art machte er sich seine Welt wieder schön.

Jetzt war niemand da, den er hätte schicken können, kein Untergebener greifbar. Er musste selbst gehen, einer Anweisung seines Vorgesetzten musste er Folge leisten.

Salazar Snake machte sich auf den nahezu endlosen Weg zum Schreibtisch des Sekretärs.

Langsam ging er an den Wartenden vorbei, die ihn überrascht ansahen. Sie kannten zwar aus verschiedenen Alltagssituationen, dass sich jemand vordrängte, doch wer wollte schneller beim Schnitter sein? Niemand brachte eine Beschwerde dar.

Schnelles Laufen hatte Herr Snake nie gelernt und eilig hatte er es ohnehin nicht. Was sollte er sagen? Dieses Szenario hatte er in keinem Seminar üben können.

Aber so lange er sich auch Zeit ließ, nach ein paar Stunden war der Anfang der Reihe erreicht. Geduldig blieb er stehen, wartete, unfähig den selbstsicheren, lockeren, dennoch vor Autorität strotzenden Mann anzusprechen.

Norbert, der Name stand auf einem schwarzen Schild an der Kante des Schreibtisches, der übersät war mit allen möglichen und unmöglichen Dingen, versuchte einen beschäftigten Eindruck zu machen. Unzählige Male hatte Snake das bei seinen Untergebenen gesehen, doch bei dem Mann blieb er ruhig. Allein schon diese Unordnung hätte für eine Abmahnung gereicht. Teller und Tassen stapelten sich, umrahmt von Süßkramverpackungen. Ein Schreibtisch des Grauens. Sicher verschwanden auch mal wichtige Papiere auf Nimmerwiedersehen wie in einem schwarzen Loch.

Die rechte Hand des Todes ignorierte ihn gekonnt, trank einen Schluck durch den Strohhalm und hatte die Augen fest auf ein Rätsel gerichtet.

Der Dicke schaute abwechselnd nach links und rechts, und schließlich doch nach oben, weil der Schreibtisch auf einem Podest stand. Augenkontakt herzustellen traute er sich jedoch nicht.

Nach einer für ihn nahezu unerträglich langen Zeit von knapp fünf Minuten wagte er ein kleines, kaum hörbares Räuspern. Norbert nahm weiterhin keine Notiz von ihm, wartete noch eine Minute, bis er von dem vor ihm liegenden Blatt auf-, nein, hinabsah.

Salazar Snake kramte in seinem Hirn nach den, wie er meinte, richtigen Worten. „Äh, ich wollte, also ich sollte fragen, wie lange es noch dauert, bis wir dran sind. Ich meine, nun, mein Chef denkt, wir waren anständige Leute, haben nie jemanden umgebracht oder etwas in der Art. Wir gehörten zu den Guten. Und ehrlich gesagt, haben wir uns den Himmel anders vorgestellt." Dabei gestikulierte er wild mit den Armen, ganz anders als er es in den Seminaren gelernt hatte, wo er auf kleine, bestimmte Gesten trainiert worden war.

Norberts linke Augenbraue schnellte so schnell nach oben, dass sie das Gesicht verlassen hätte, wenn diese anatomische Möglichkeit vorhanden gewesen wäre. „Ich rate dir, das Wort hier unten nie mehr in den Mund zu nehmen."

„Sie meinen ‚Himmel'?"

„Schweig, du Wurm. Ihr glaubt das wirklich, stimmt's? Euer Strafgesetzbuch sagt Mord verjährt nicht und das ist auch gut so. Die Aufklärungsrate bei Mord ist in Deutschland hoch, und alle, die den Ermittlern durch die Lappen gehen, bekommen hier ihre Strafe. Du und dein Begleiter seid euch doch gar nicht bewusst, wie viele Menschenleben ihr auf dem Gewissen habt. Mitarbeiter mit praktischer Erfahrung, die alles gaben, habt ihr nicht mal angehört, sondern abgewimmelt und ins Burnout getrieben. Hat sich ein Mensch mal überlegt, was mit den Kriminellen passiert, die laut Gesetz unschuldig sind und doch ihr Leben lang Menschen schlaflose Nächte bereiten und sie in den Selbstmord treiben? Wo sie zur Rechenschaft gezogen werden? Ihr könnt es herausfinden. Hier. Ich habe mir eure Liste der guten und die noch weitaus längere der schlechten Taten angesehen. Ihr seid schon an der richtigen Stelle angekommen."

Mit einem süffisanten Lächeln triefte die Stimme vor Nettigkeit zu Herrn Snake hinunter. „Um deine Geduld zu fördern, darfst du dich ans Ende der Schlange stellen. Termineinhaltungen liegen jetzt nicht mehr in deiner Hand. Und nimm den Großen mit dem zu engen Hemd gleich mit."

Salazar Snake trottete wie ein geprügelter, nasser, hungriger Hund zurück zu seinem Boss und gestand ihm seinen Misserfolg ein. Sie schlurften ans Ende der Reihe und seufzten tief.

Nach mehreren Tagen wollte Herr Banditi sich mit der Lage nicht mehr zufriedengeben und trat den Weg zum Schreibtisch selbst an.

Dort angekommen hob er den Blick und sprach mit seiner geschulten Stimme: „Ich bin eine sehr wichtige Person und muss in Kenntnis gesetzt werden. Ich habe in dem Unternehmen, das ich führte, stets alle wichtigen Mitarbeiter informiert. Das gehört sich so.“

Norbert deutete mit spitzem Zeigefinger in Marlon Banditis zurückzuckendes Gesicht. „Du weißt doch gar nicht, wer wichtig ist. Das sind die Menschen, die die Regale füllen. Brot, Obst und Gemüse hüpft nicht selbstständig an seinen Platz, vom Rest des Ladens ganz zu schweigen. Und am Ende sitzt hoffentlich ein netter Mensch an der Kasse, der die umsatzbringenden Leute freundlich verabschiedet. Jeder, der seinen Dienst erfüllt, ist wichtig, und nicht der, der einen Einkaufspreis beim Lieferanten oder Hersteller noch weiter drückt.“

Etwas leiser stotterte der vor dem Schreibtisch Stehende: „Aber ich bin es gewohnt, Entscheidungen zu treffen, und kann diese Warterei nicht länger dulden.“

Norbert knallte die Faust auf den Tisch. „Du bist genauso wichtig oder unwichtig wie jeder andere Mensch auch. Ein Staubkorn in der Weltgeschichte. Und du wärst immer ein kleines Licht gewesen, wenn du keine Untergebenen gehabt hättest, die die Arbeit für dich erledigt haben. Schon mal etwas von Dante gehört?"

„Danke gehört nicht mehr zu meinem Wortschatz, habe ich schon vor langer Zeit daraus entfernt." Banditis Stimme schwankte, seine Selbstsicherheit bröckelte.

Norbert schlug sich die flache Hand an die Stirn. „Das ist mir selbstverständlich bewusst. Ich sagte Dante, nicht Danke, du Kulturbanause. Er beschrieb als Erster die Hölle, und war darin richtig gut, kreativ, nahezu erfindungsreich. Doch er kam nicht annähernd an unser Original heran. Sei gespannt. Stell dich hinten an."

Er scheuchte Herrn Banditi mit einer kurzen, ungeduldigen Bewegung des Handgelenks aus seinem Blickfeld und blies ganz leicht in dessen Richtung. Auf magische Art verstärkte sich dieser Lufthauch zu einem Orkan, der Marlon Banditi ans Ende der Schlange fegte. Dieser konnte nur kurz innehalten, um nach dem Anzugärmel Herrn Snakes zu greifen. Den nahm er mit. Er würde das nicht allein aussitzen, schließlich hätte sein Fahrer den LKW bemerken und bremsen müssen.

Als sie sich eingestanden, mit ihren Beschwerden erfolglos gewesen zu sein, fügten sie sich in ihr Schicksal. Schweiß rann den Wartenden von der Stirn über den Nacken. Die Hemden klebten am Rücken.

Sie zogen die Sakkos aus, aber sogleich erfolgte eine Ansage über versteckte Lautsprecher.

„Hier kommt jeder an, wie er die Erde verlassen hat. Das wird eure Arbeitskleidung sein bis zum Ende eurer Tage."

Dass es das Ende dieser Tage nicht geben würde, behielt der Sekretär vorerst für sich. „Das ist eine Vorschrift und die liebt ihr doch."

Die beiden Herren überlegten, wie wohl die Zukunft aussehen würde. Kalt hätten sie es hier nicht. Sie hatten beide den Arbeitsplatz im Vorzimmer gesehen und glaubten ihnen stünde Ähnliches zu, da sie ihr Leben auf einem Schreibtischstuhl und in Luxuskarossen verbracht hatten. Wir werden in Hängematten schaukeln, vielleicht uns ein wenig hocharbeiten müssen, aber dann werden wir es gemütlich haben und wie gewohnt unsere Untergebenen beaufsichtigen, dachte Marlon Banditi.

Nach mehreren Wochen kamen sie schließlich doch an die Reihe. Norbert blickte auf, sah auf seine Unterlagen und musterte sie abermals scharf. Zwei schöne Neuzugänge hatte er da. Sie passten vortrefflich in die Hölle. Er hätte eigentlich in der Lage sein müssen, ihnen wortlos den Weg durch eine massive schwarze Tür zu weisen, doch Wortlosigkeit war bei Norbert keine ausgeprägte Eigenschaft.

„Da drin werdet ihr meinem Chef begegnen. Er kann ein wahrer Engel sein", ein diabolisches Grinsen zuckte über Norberts Gesicht, bevor er weitersprach,

„oder war es zumindest mal. Gott möchte niemanden bestrafen, das überlässt er uns."

Norbert hob die Hand und deutete zum imposanten Portal, und wie von Geisterhand öffnete es sich mit schaurigem Quietschen, als riefen die Scharniere: Seid willkommen.

Von einem noch höheren Podest nahm der Tod persönlich sie unter die Lupe. Norbert beobachtete die Szene auf seinem Bildschirm. Die Männer begafften das auf dem Stuhl sitzende Wesen.

„Gefalle ich euch nicht?", fragte der Schnitter, für den er heute gar nicht schlecht aussah. Ein offenes rotes Seidenhemd hing ihm locker von den Schultern und gab den Blick auf die muskulöse Brust frei. Kurze schwarze Haare bedeckten den Schädel, auf dem ein leichter Schweißfilm glänzte.

Marlon Banditi antwortete vorsichtig: „Na ja, gemeinhin stellt man Sie sich schon etwas anders vor."

„Das kommt daher, dass die Menschen keine Ahnung haben, und woher sollten sie auch. Jeder, der meine Bekanntschaft gemacht hat, kann mich niemandem mehr beschreiben. Ich weiß nicht, wer als Erster auf die Idee kam und wieso sie alle aufgriffen, mich als gesichtslose, schwarze Kutte mit Sense darzustellen. Ich liebe Farben und kann jede beliebige Gestalt annehmen. Natürlich war ich schon der entgegenkommende Geisterfahrer, habe die Menschen nachts im Schlaf abgeholt, war die Frau, die ihren

Mann mit einer anderen erwischt und ihn im Affekt tötet. So kennt man mich. Aber ich kann auch der nette Paketlieferant und die freundliche Supermarktangestellte sein, beide können wegen einer Kleinigkeit nach Jahren die Beherrschung verlieren. Oder auch gerne mal die Frau, die nach vierzigjähriger Ehe ihren Mann umbringt, weil sie sein ständiges Genörgel nicht mehr hören möchte.

Meine Ausgehgarderobe hängt, falls es euch interessiert, da hinten. Manchmal ist mir nach etwas Traditionellem, und dann tue ich an guten Tagen den Menschen den Gefallen zu erscheinen, wie sie es erwarten." Er deutete auf einen Haken, an dem ein Umhang hing, daneben lehnte das Ackergerät, mit dem er bekannt geworden war. „Ich könnte sie für hohen Besuch anziehen, doch hier bin ich zu Haus und trage, was mir gefällt."

Plötzlich war ein Piepsen von der Gegensprechanlage zu hören. „Der gute Norbert, er gibt mir ein Zeichen und achtet darauf, dass ich mich nicht zu sehr verplappere, was mir durchaus mal passieren kann. Wo waren wir stehen geblieben?" Ein Blick in seine Unterlagen brachte ihn zurück zu den Männern, die vor ihm standen.

„Aha. Die Herren Banditi und Snake. Es hat etwas länger gedauert, wir mussten erst eine neue Abteilung für euch einrichten, ihr versteht das sicher, denn sowas kam auch oft bei euren Brainstormingtreffen heraus. Euch wird die Ehre zuteilwerden, der gesamten Unterwelt ihre Wünsche zu erfüllen. Ein topmoderner Shop. Ihr seid für alles verantwortlich."

Herr Banditi freute sich, als er das hörte, sein Gesicht zierte ein breites Grinsen. „Also Prokura und Dienstfahrzeug. Wie viel Personal ist unter uns? Wie groß sind unsere Suiten? Die Bezahlung ist sicher sehr gut für einen so anspruchsvollen Job."

„Hahaha, es gefällt mir zu sehen, dass die Herren unerwarteter Weise Humor besitzen. Wo kommt der so plötzlich her? Prokuristen und dergleichen gibt es hier nicht. Wer hier das Sagen hat, bin einzig und allein ich. Ein Dienstfahrzeug braucht ihr nicht, wie ihr bewiesen habt, könnt ihr damit gar nicht umgehen, habt ja bei eurer Ankunft erst eines zerlegt. Ihr werdet laufen, oder besser noch, rennen. Und zwar 24 Stunden am Tag, sieben Tage die Woche. Personal habe ich keines für euch, arbeiten mit knappster Besetzung wolltet ihr doch immer, bitte schön. Und was die Bezahlung angeht."

Jetzt horchten die Herren aus der Geschäftsführung auf. Das Thema fanden sie besonders interessant.

„Ich werde euch genau sechzig Minuten in der Stunde geben. Denn stellt euch vor, wie traurig ihr wärt, wenn ich euch sehr gut bezahlen würde und ihr gar keine Zeit zum Geldausgeben hättet. Ihr seid euch hoffentlich der Ehre bewusst, die es bedeutet, hier arbeiten zu dürfen."

„Aber das ist ungesetzlich", wagte Herr Snake einen kleinen Versuch.

„Hahaha." Wieder Tods dröhnendes Lachen. „Wenn du so ein Talent für Scherze besitzt, warum hast du nicht mal einen mit den Menschen in deiner Umgebung gemacht? Die Stimmung aufgelockert? Glaubst du etwa, hier gibt es eine Gewerkschaft mit einem Tarifvertrag oder einen Betriebsrat? Und jetzt ran an die Arbeit. Ich möchte für die nächsten paar tausend Jahre nichts mehr von euch hören."

Das Gespräch war beendet. Herr Snake wusste nicht unbedingt viel, doch er spürte, wenn er verloren hatte und es nichts mehr auszuhandeln gab. Seinen Vorgesetzten musste er davon erst noch überzeugen. Er zog leicht an dessen Ärmel. Seines Wissens war Herr Banditi es nicht gewohnt, dass ein anderer das letzte Wort hatte. Sie drehten sich langsam um und wollten den Raum verlassen.

Der Tod drückte auf einen Knopf an seinem Schreibtisch, was den Boden davor veranlasste, sich von der Waagrechten in die Senkrechte zu begeben. Auf einer Rutsche erreichten die Herren aus der Führungsebene fast die Geschwindigkeit, die sie bei dem Verkehrsunfall gehabt hatten. Unsanft landeten sie weit unten. Ein langgezogener zweistimmiger Schrei war das Letzte, das Norbert über seine Lautsprecher von ihnen hörte.

Das Zeichen für ihn, den Nächsten rein zu schicken. Er kicherte in sich hinein. Diese zwei weiter unten zu wissen, bereitete ihm ein großes Vergnügen. Wieder öffnete er kontaktlos die Tür und bedeutete der vor ihm stehenden Person, in den angrenzenden Raum zu gehen. Sodann stellte Nobert ein Pause-Schild auf den Schreibtisch und trank einen Schluck. Er lehnte sich zurück und begann genüsslich zu essen. Die zaghaft nähertretende Frau ignorierte er gekonnt.

Ein paar Monate später räumte Norbert seinen Schreibtisch auf, so ab und zu musste das einfach sein. Plötzlich fiel ihm ein Notizzettel mit zwei Namen darauf in die Hand. Snake und Banditi. Schmunzelnd und über die Unterbrechung dankbar lehnt er sich zurück. O, ja, die beiden waren lustig, dachte er. Was wohl aus ihnen geworden ist? Sofort zappte er durch die Kanäle und fand den einen auch gleich. Banditi, wie erwartet, litt sprichwörtliche Höllenqualen. Das ehemals gegelte Haar triefte vor Schweiß, der Bauch war flach, denn zum Essen fehlte ihm die Zeit. Ein säuerlicher Gesichtsausdruck gab Auskunft über seine Gewissheit, etwas Besseres verdient zu haben. Norbert war zufrieden. Snake musste er erst suchen, schließlich fand er ihn ein paar Etagen über Banditi, was ihn erstaunte.

Salazar Snake erfüllte die ihm aufgetragenen Aufgaben ohne Murren und Klagen. Gutgelaunt arbeitete er einen Auftrag nach dem anderen ab. Da stimmt doch was nicht, überlegte Norbert. Wie kann hier unten jemand so froh sein? Das passt nicht. Das hat es ja noch nie gegeben.

Der Sekretär des Todes scrollte zurück, suchte das Einlieferungsdatum von Snake, ging die Formulare durch, irgendwo musste ein Fehler sein.

Plötzlich schrie Norbert auf. „O mein Teufel, o mein Teufel, o mein Teufel, was ist mir denn da wieder passiert? Ach, manchmal bin ich aber auch verpeilt." Er griff sich theatralisch mit dem Handrücken an die Stirn. „Dieses ganze neumodische Zeug kostet mich noch mal meinen Arbeitsplatz. Jetzt mach ich den Job doch schon, seit ich gestorben bin, da dürfte mir so ein Fehler eigentlich nicht mehr passieren." Er stöhnte. Früher gab es drei Formulare. Grüner Rahmen hieß schwere Strafe, der gelbe leichte Strafe und der rote „nach hundert Jahren Versetzung in eine Abteilung für leichtere Strafen prüfen". Aber seit dieser ganzen Digitalisierung musste er überall Häkchen setzen und alles war so klein geschrieben. „Ich muss versuchen, den Fehler wiedergutzumachen."

Norbert tappte zur Bürotür, die seinen Arbeitsplatz mit dem des Todes verband. Er klopfte zaghaft, wartete, bis sein Chef ein dunkles „Ja" von sich gab.

„Mein Herr und Meister, etwas Unverzeihliches ist geschehen. Na ja, wie soll ich es beschreiben, nennen wir es einen Fehler."

„Was?", knurrte sein Boss. Er knallte die Kaffeetasse auf den Schreibtisch.

„Wie soll ich es sagen?"

„Kurz und schmerzvoll."

„Wir haben einen freudigen Mitarbeiter."

Erstaunt sah der Tod seinen Sekretär an. „Was? Wer? Der wird sofort entlassen. Sowas dulde ich nicht in meinem Reich."

„Ihr erinnert Euch vielleicht an diesen Salazar Snake? Er bereut sein Verhalten."

„Lass ihn sofort herbringen."

„Sehr wohl."

Norbert verschwand und betrat eine Minute später erneut in Begleitung von Snake das Zimmer.

„Nun, wie mir Norbert berichtet, bist du ständig guter Laune. Wie soll ich das verstehen? Sind die Arbeitsbedingungen zu sozial, oder was? Rede!" Der Knochenmann pochte mit der flachen Hand auf den massiven Schreibtisch.

„Nein", lachte Snake. „Das nicht, sie sind sehr hart. Aber ich denke, das ist meine gerechte Strafe. Ich bereue zutiefst, wie ich mich meinen Angestellten gegenüber verhalten habe, und würde es, wenn ich eine zweite Chance hätte, sicher ganz anders machen."

Der Tod grübelte, wollte ein Exempel statuieren. „Ich sag dir was. So jemanden will ich hier gar nicht haben. Ich werde dich wegen zu guter Führung entlassen. Wo gibt's denn sowas? Gutgelaunt, hier nicht. Raus!" Jetzt wandte er sich Norbert zu, der zitternd abwartete, wie seine Strafe aussehen würde. „Und du", er drohte mit dem Zeigefinger. „Sieh zu, wie du das wieder ausbügelst und dass mir sowas nicht nochmal vorkommt. Abmarsch, alle beide."

Der Tod hatte ein hitziges Temperament, es kochte sehr schnell hoch, doch genauso rasch beruhigte es sich auch wieder. Nach einer Stunde klopfte Norbert erneut an die Tür.

„Was willst du?"

„Darf ich fragen, was Euch dazu bewogen hat, Salazar Snake rauszuwerfen? Ich meine, wir hätten ihn auch einfach in die ewigen Abgründe stürzen können und nie wieder über ihn reden. Oder ihn still und heimlich nach oben schubsen?"

„Ach, du kennst so gut wie jeder andere meine Herkunft. Ich bin ein gefallener Engel, und Engel haben nun mal ein gutes Herz. Und jetzt will ich nicht mehr darüber reden."

Jetzt ging Norbert seine Möglichkeiten durch. So einen Fall hatte er noch nie gehabt. Snake war hier falsch, der Tod wollte ihn nicht. Also musste er zurück. Kann man einen Vierzigtonner überleben? Er wagte einen Versuch, setzte den Computer zurück auf das Datum vor dem Unfall, drückte skeptisch die Entertaste. Wieder sah er auf seinem Bildschirm die aufeinander zu rasenden Punkte und den darauf folgenden Feuerball.

Salazar Snake schlug die Augen auf. Wo bin ich? Wo sind Norbert und der Sensenmann? Seinen Chef

Banditi hatte er lange nicht gesehen, er war mittlerweile in einer anderen Abteilung. Alles um ihn herum war sehr sauber, hell erleuchtet. Kein Schwefelgeruch. Schläuche verbanden ihn mit einer Maschine, die seine Atmung unterstützte. Er musste im Krankenhaus sein, suchte die Klingel und drückte den Knopf. Ein freundlicher Pfleger erschien, der dem Sekretär des Todes zum Verwechseln ähnlich sah.

„Norbert", hauchte Snake.

Der Krankenhausangestellte nickte. „O, wie schön, Sie haben doch mitbekommen, wie ich mich um Sie gekümmert habe und mein Namensschild haben Sie auch schon gelesen. Wie fühlen Sie sich?"

„Durst", röchelte Snake.

„Ja, das haben wir gleich." Norbert, der Pfleger, gab Snake aus einer Schnabeltasse Wasser.

„Wie lange bin ich hier? Da war ein LKW. Ich dachte, ich bin tot."

„Viel hat auch nicht gefehlt. Die Feuerwehr hat Sie mit Müh und Not aus dem Wagen herausgeschnitten. Ein Jahr lagen Sie im Koma."

„Mein Chef, Marlon Banditi?"

„Er hat es nicht geschafft. Er wurde gleich nach dem Unfall beerdigt und hat seinen Frieden gefunden."

Ich weiß es besser. Der schmort in der Hölle und findet keinen Frieden, dachte Snake und schloss die Augen.

Nach einem Jahr im Koma mit anschließender Reha kehrte Salazar Snake an seinen Arbeitsplatz zurück.

Er war nicht mehr der Alte, nein, ein neuer Snake machte sich nun die Erfahrung seiner Mitarbeiter zunutze. Er verhielt sich menschlich und verlangte nichts Unmögliches mehr. Manchmal dachte er an sein Koma zurück, oder an seinen Traum, wie die Ärzte sagten. Er selbst wusste es besser und vergaß das Jahr in der Hölle nicht.

Der Zwerg von Monte Christo

Portus hieß das heutige Pforzheim bei der ersten urkundlichen Nennung. Der komplette nördliche Teil der Stadt, von der ich erzählen will, war unterirdisch fest in Zwergenhand.

Zwerge hatten seit Urzeiten einen Hang zum Norden, aus dem sie ursprünglich stammten. Der Sturm des Lebens hatte viele Zwerge über, ach nein, unter ganz Deutschland verteilt.

Das Geschlecht derer von und zu Birkenfelde konnte seinen imposanten Stammbaum bis zu den ersten Zwergen zurückverfolgen. Sie hatten in verschiedenen Berufen ihre Fähigkeiten bis zur Perfektion entwickelt. Traditionsgemäß ergriffen sie ein Handwerk. Schmied und Zimmermann war bei den Kräftigeren beliebt, die am Ende des Tages etwas von der getanen Arbeit sehen wollten. Koch, Bäcker und Konditor bei denen, die sich wohler fühlten, wenn sie etwas Essbares in ihrer Nähe wussten. Zweitere bekamen Besuch von Ersteren, damit deren Energie erhalten blieb.

Auch die intellektuellen Berufssparten fanden bei den Feingeistern ihre Anhänger. Es gab Silben-schmiede, Wortmetze und Satzdrechsler, die mit viel Hingabe Ausdrücke so lange in die richtige Reihenfolge brachten, bis sie den perfekten Satz erschaffen hatten.

Buchbinder war auch ein alter angesehener Berufsstand. Doch weitaus wichtiger waren die Poeten, Essayisten, Novellisten, Autoren und Schriftsteller, ohne die die Erstgenannten nichts zum Zusammenfügen gehabt hätten.

Die von und zu Birkenfeldes gehörten zu den reichsten Familien Europas. Früher lag der unvorstellbar große Schatz, der aus wertvollen Metallen und Edelsteinen bestand, in den weitverzweigten Höhlen. Doch die Familie wuchs, Familienmitglieder kamen hinzu, Paare heirateten und natürlich wurden Zwergenkinder geboren. Aus diesen Platzgründen musste irgendwann der Großteil des Vermögens unter die Zwergenbank gebracht werden, wo dafür das größte begehbare Schließfach gemietet wurde. Genug finanzielle Mittel für alle, die bis weit in die Zukunft reichen würden. Doch die meisten Zwerge nahmen nicht mehr als sie brauchten, lebten eher bescheiden.

Sich an den Menschen zu bereichern, sahen sie als Sport an, irgendwo musste der Reichtum ja herkommen. Einen klitzekleinen Teil machte die Familie zu Bargeld, kaufte damit Immobilien, vermietete sie und stellte einen Verwalter ein, der sich um alles kümmern sollte.

Alexander, der älteste Sohn von Jacques und Henriette, hatte sich in der Junggesellenwohnung, die er bewohnte, seit er bei seinen Eltern ausgezogen war, ausgezeichnet eingelebt. Es fehlte nichts, für das leibliche Wohl des Zwergs war bestens gesorgt, denn Essen und Trinken lagerte in der weiträumigen Speisekammer, die zwischen seinem und dem Wohnbereich der Eltern lag, und von seiner Mutter stets nachgefüllt wurde.

Alexander gehörte nicht zu den Müßiggängern, die nur in den Tag hineinlebten. Seine Leidenschaft waren Bücher. Er las mit Begeisterung und lernte dadurch viel. Dieses Steckenpferd war ihm schon in die Wiege gelegt worden. Seine Mutter hatte meist mehrere Bücher gleichzeitig angefangen, und auch deren Bruder, Onkel Conrad, zog die Gesellschaft eines guten Buchs der von anstrengenden Zwergen vor. Doch Alexander konnte auch gesellig sein, besuchte Zwerge in der Nachbarschaft und führte Gespräche, bei denen jeder vom Wissen des Anderen profitierte. Mit seinem Freund Ingo verband ihn die Faszination für alles Gedruckte. Ihn zog er auch immer zu Rate, wenn es etwas Handwerkliches zu erledigen gab, das lag Alexander gar nicht.

Er schätzte sich glücklich, als Zwerg geboren worden zu sein, denn deren Leben ist um einiges länger als das eines Menschen. Dadurch hatte er mehr Lebens-, sprich Lesezeit. Interessierte ihn ein Thema, besorgte er sich ein Buch darüber. Er machte keinen Unterschied; Klassiker, Biografien, auch mal ein Kinderbuch, wenn er sich in eine unbeschwertere Zeit zurücksehnte, und Fantasy fand er großartig. Da schrieben tatsächlich Leute über Hexen und Zauberer,

Feen und Elfen, Gnome und Dschinn, und sogar über seinesgleichen. Ob die Schreiber Zwerge kannten? Alexander wusste es nicht. Es war durchaus möglich, denn ob ein Mensch einen Zwerg sah und kennenlernte, lag allein am Zwerg. Gab der sich zu erkennen, war eine Verbindung möglich.

Vor vielen Jahren hatte es oberhalb der Nordstadtschule in der Friesenstraße eine Bücherei gegeben. Keine Frage, dass Alexander fast nächtlich dort einstieg. Doch eines Nachts kam er aus seinem Keller, und es war kein Buch mehr weit und breit zu sehen. Alle Räume leer, keine Tageszeitungen, verwaiste Kleiderhaken.

Er hatte diese Institution geliebt, sie war genau richtig für große und kleine Buchliebhaber, die zu wenig Geld besaßen, um ihren riesigen Bücherbedarf erwerben zu können. Doch dieses Hindernis hatte er nie zu überwinden gehabt. Alexander war dorthin gegangen, weil er den Duft nach altem Papier und Bücherleim liebte. Er schaute gern in die Bücher, schnupperte an ihnen und die, die ihm gefielen, hatte er sich gegen Rechnung von einer Buchhandlung nach Hause schicken lassen.

Jetzt gab es nur noch die Stadtbücherei, doch zu ihr musste er den Berg runter und auch wieder rauf. Und er war ja auch keine hundert mehr.

Das Glück ist mit den Lesenden und Geduldigen, dachte Alexander, als er eines Tages die wunderbare Nachricht erfuhr: Ein neuer Buchladen war geplant.

Und zwar genau über seiner Höhle, Hohen-zollernstraße 23, in der Nordstadt, selbst den Namen derselben sollte er tragen. Nur noch ein wenig Geduld, und hoffen, dass der Buchhändler ein Mann mit Leidenschaft für seinen Beruf wäre, und nicht einer, der es für Geld tat.

Zu Alexanders wertvollstem Besitz gehörte eine Tarnkappe. Die Mütze erhielt Alexander von seinem Vater zum fünfzigsten Geburtstag. Auf ver-schlungenen Pfaden war sie aus dem Orient in die Familie gekommen. Ihr Vorbesitzer, ein Dschinn, verlor sie bei einer Wette an Jacques. Der Dämon war sich so sicher gewesen, sonst hätte er diesem Einsatz nie und nimmer zugestimmt. Doch Zwerge haben ihre Tricks und wenn sie etwas wollen, finden sie eine Möglichkeit, es zu bekommen. Aber das wäre eine andere Geschichte.

Mit der Kappe setzte Alexander sich am Er-öffnungstag in eine Ecke des Schaufensters. So hatte er den perfekten Blick auf die Eingangstreppe und konnte das Geschehen im Laden beobachten. Neugierige Leute kamen, ließen sich Gratisgetränke und Häppchen schmecken, kauften jedoch nur wenig. Andere aßen weder, noch tranken sie, als ob sie das zu einem Kauf verpflichtet hätte. Und dann gab es noch die süchtigen Buchliebhaber. Alexander erkannte sie, wie sich Gleichgesinnte immer erkennen. Es war, als haftete ihnen ein bestimmter Geruch nach Druckerschwärze an, wie er nur bei Wesen vorkommen kann, die täglich mindestens ein Buch in die Hand nehmen.

Wenn Mann oder Frau oder Zwerg dieser Sucht erlegen ist, wird die Höhe des Stapels der noch nicht gelesenen Bücher bedeutungslos. Passende Bücher reden mit diesen Personen, sie schreien und brüllen, nimm mich mit! Und wehe, man gehorcht ihnen nicht. Dann erscheinen sie einem nachts in den Träumen, aus denen man schweißgebadet aufwacht und sich verzweifelt fragt, ob es morgen noch da sein wird. Dass ein Buch im Normalfall jederzeit nachbestellt werden kann, ist zweitrangig. Man möchte, muss es haben. Jetzt.

Autoren sämtlicher Genres und deren Publizisten standen unter Alexanders besonderem Schutz. Buchhändler waren die Bindeglieder zwischen Buchdruckern, Verlegern und Lesern. Hatte man den Buchhändler seines Vertrauens gefunden, lernte man sich mit den Jahren besser kennen, so dass seine Empfehlungen eine sich steigernde Trefferquote aufwiesen. Das sparte einem viel Zeit, die man dann wiederum mit Lesen verbringen konnte.

Der feine, geschmackvoll eingerichtete Buchladen erwies sich als Bereicherung für Pforzheims Nordstadt. Er punktete nicht mit mehreren Hundert Quadratmetern, sondern mit persönlicher Beratung. Gemütliche Sessel luden zum Verweilen ein. Ein Plausch mit dem Besitzer ließ einen die Hektik des Alltags vor der Tür vergessen.

Durch einen unterirdischen Geheimgang stieg Alexander so gut wie jede Nacht hoch in die Buchhandlung. Was ihm gefiel, nahm er mit, doch nie ohne Bezahlung. Denn diesen Bewahrer der schönen Worte wollte er nicht bestehlen. So kam es vor, dass Mario Meißner ein Buch vergeblich suchte, von dem er überzeugt war, es in seinem Bestand zu haben; im Gegenzug fand er Geld auf der obersten Stufe der Treppe, die in den Keller führte. Erst dachte er, es müsse ihm wohl am Vorabend aus der Tasche gefallen sein, doch schließlich war er überzeugt von der Richtigkeit seiner Beobachtung.

Alexander saß gern unsichtbar mit dem Rücken zum Schaufenster und beobachtete das Treiben im Laden. Herr Meißner gefiel ihm, ein ruhiger Mensch, den er für seine Geduld mit anstrengender Kundschaft bewunderte. Irgendwann beschloss der Zwerg, dass er sich dem Buchhändler zu erkennen geben wollte.

So geschah es eines Abends. Als Mario Meißner die Tür zugeschlossen hatte und vor sich hin-murmelte: „So, Feierabend. Ein anstrengender Tag. Endlich allein", vernahm er ein deutliches Räuspern.

Mario sah sich irritiert um. Kein Zweifel, ich bin allein, dachte er. Mit einer Tasse Kaffee nahm Mario in einem der beiden Sessel Platz, das war sein tägliches Ritual am Ende des Arbeitstages.

„Hast du Zeit für ein Gespräch?" Die Stimme war deutlich zu hören und sicher nicht nur in seinem Kopf.

Er sah auf den Platz neben sich, von wo die Frage zu kommen schien.

Zaudernd, an sich selbst zweifelnd krächzte er ein leises: „Ja."

„Das ist schön. Mein Name ist Alexander von Portus, mein Vater kam aus Marseille, und meine Mutter stammt aus der Familie von und zu Birkenfelde. Du kannst mich Alex nennen." Während der Zwerg sich vorstellte, griff er an seine Mütze und zog sie ab, was natürlich dazu führte, dass er sichtbar wurde.

„Gott sei Dank, ein Zwerg. Ich zweifelte schon an meinem Verstand." Mario lehnte sich entspannt zurück und atmete aus.

„Und jetzt nicht mehr? Die meisten Menschen tun das, wenn sie das erste Mal einen von uns sehen."

„Na ja, ich habe schon unzählige Märchen und Fantasyromane gelesen und hab mir so manches Mal überlegt, das kann doch nicht alles erfunden sein. Wie kommen die Autoren auf diese Wesen? Und jetzt lerne ich eines kennen. Möchtest du auch einen Kaffee?"

„Ja, den nehme ich gern, da lässt es sich gemütlicher reden."

Mario holte aus dem angrenzenden Raum ein Tablett mit einer Tasse Kaffee, Milch, Zucker und einem Teller Kekse. Er stellte es auf den Tisch zwischen ihnen. „Bedien dich."

Alexander nahm fünf Würfelzucker, rührte um und schleckte genüsslich den Löffel ab.

„Möchtest du auch Milch?", bot Mario an.

„Nein, das wären unnötige Kalorien", entgegnete der Zwerg trocken. „Um auf meinen Besuch zu sprechen zu kommen. Ich lese schon seit über hundert Jahren und dein Stil, die Buchhandlung zu führen, gefällt mir. Du hast ab und zu ein Buch vermisst …"

„Das Geld war von dir!", rief Mario. „Ich konnte es mir nicht erklären, überlegte ob da irgendein Mitbewohner sein könnte, verwarf den Gedanken dann aber."

„Doch, hier bin ich."

„Danke fürs Bezahlen. Du hättest die Bücher auch so nehmen können."

„Wo denkst du hin? Wenn ich jemanden mag, kann er mir absolut vertrauen. Ich bin ein Ehrenmann." Stolz nahm er eine gerade Haltung an. „Ich bin der Zwerg von Monte Christo."

„Oho, bis jetzt kannte ich nur den Grafen von dort. Bist du auf der Insel geboren?"

„Ich erzähl's dir. Als junges Mädchen hatte sich meine Mutter, Henriette von und zu Birkenfelde, auf den Weg nach Frankreich in die Stadt Marseille gemacht, um die Schauplätze des Romans *Der Graf von Monte Christo* zu besuchen.

Sie reiste mit leichtem Gepäck, als Urlaubslektüre hatte sie einzig die Abenteuergeschichte von Alexandre Dumas eingesteckt, in der sie genussvoll las. Plötzlich fiel ein Schatten auf ihr Buch.

‚Darf ich mich vorstellen? Mein Name ist Jacques Edmond de Marseille. Aber nennen Sie mich Jacques, das genügt.' Zum Gruß hob er seinen Sonnenhut.

Meine Mutter schaute auf, sah in das fein geschnittene Gesicht mit den meerblauen Augen. Konnte sie hier in Marseille wirklich einen Mann treffen, der denselben Namen trug wie der Protagonist in ihrem Buch?

‚Als ich den Titel ihrer Lektüre sah, musste ich Sie einfach ansprechen. Gefällt Ihnen der Roman? Ich habe ihn verschlungen, und er ist der Grund für meinen zweiten Vornamen.'

Sie las das Buch bereits zum dritten Mal. Deshalb wollte sie die Orte sehen, an denen Monsieur Dantes seine Rache vollzogen hatte.

Jacques zeigte ihr seine Stadt, die sie bald interessanter fand, als sie im Buch beschrieben war, was durchaus an seinem Temperament liegen konnte, das ihn veranlasste, zu jedem Detail eine kleine Anekdote zu erzählen.

Seinen Namen konnte sie wie feinste Schokolade auf der Zunge zergehen lassen, und mit dem charmanten französischen Akzent musste sie gar nicht alles verstehen, um in seinen blauen Augen zu versinken.

Als sie nach Deutschland zurückkehrte, trug sie Jacques Edmond de Marseilles Namen in ihrem Pass und mich unter dem Herzen. Die beiden gaben mir den Namen Alexander, als Hommage an den Verfasser des Romans. Sie zogen in die nahegelegene Großstadt, denn von Marseille nach Birkenfeld wäre eine zu große Veränderung gewesen. Natürlich konnte man auch Pforzheim in keiner Weise mit der großen Stadt in Frankreich vergleichen, aber es war immerhin eine Stadt. Als Zeichen der Verbundenheit mit dem neuen Wohnort fügten sie dem Familiennamen ein *von Portus* hinzu.

Das ist jetzt ziemlich genau einhundertfünfzig Jahre her.

Ach, ich habe die Geschichte so oft gehört. Es ist, als wäre ich dabei gewesen.

Meine Eltern reisten im Sommer ihrer ersten Begegnung an Frankreichs Küste entlang. Von Marseille über Cannes nach Nizza, über die Grenze nach Italien, sie besuchten Genua, machten einen Abstecher nach Florenz und setzten schließlich von Livorno nach Elba über. Von dort war es nur noch ein Katzensprung auf die Insel Monte Christo."

„Wie haben deine Eltern das geschafft?", fragte Mario Meißner, der gleich praktisch überlegte, auf welchem Weg sie wohl über das Meer gekommen waren.

„Ach, kein Problem. Zwerge gibt es überall und wir halten zusammen. Schnell war ein Schiff für die Überfahrt gefunden. Sie hatten ein herrliches Picknick und meine Mutter vermutete, dass ich auf Monte

Christo gezeugt wurde, so erzählt sie es zumindest immer."

Gedankenverloren trank er den letzten Schluck Kaffee, der mittlerweile kalt geworden war. Selbst Geschichten zu erfinden, lag Alexander wenig. Nur in seinem kleinen braunen Notizbuch, das er ständig mit sich führte, notierte er mit spitzem Bleistift kleine Bonmots, die ihm oft zu ganz alltäglichen Situationen einfielen.

„Ich habe das Plakat gesehen von der Lesung, nächsten Freitag in der Salzgrotte." Der Zwerge deutete auf die Eingangstür.

„Das wird sicher sehr amüsant. Die beiden verstehen sich gut, man merkt bei ihren Abenden, dass die Chemie zwischen ihnen stimmt." Mario lächelte bei der Erinnerung an eine ähnliche Veranstaltung vor ein paar Wochen in seiner Buchhandlung. „Sie las aus ihrem neuen Krimi vor und er gab Ausschnitte zum Besten, die erst in ein paar Wochen in Buchform erscheinen würden."

„Stimmt, ich war dabei." Alexander grinste süffisant.

„Aber, wo?" fragte Mario. „Alle Stühle waren besetzt."

„Auf dem Regal, von oben hatte ich den besten Überblick. Ich konnte den Autoren über die Schulter schauen und gleichzeitig die Reaktionen des Publikums beobachten. Alle hingen gebannt an ihren Lippen und dann klingelte dieses furchtbare Handy, genau in dem Moment, als es so still war, dass man nur noch die Kohlensäurebläschen in den Wassergläsern hörte. Also, das hat kein Autor verdient."

„So ist das heute. Wir bitten zwar die Mobiltelefone lautlos zu schalten, aber irgendeiner vergisst es immer."

„Das lasse ich nicht zu."

„Was willst du dagegen tun?"

„Lass mich mal machen. Mir wird schon etwas einfallen."

„Da bin ich ja mal gespannt."

„Das kannst du auch. So, genug geredet für heute. Ich habe noch eine Verabredung mit einer Südstaatenschönheit, deren Frisur nicht mehr ganz so gut sitzt, wenn du weißt, was ich mit dieser kleinen Andeutung sagen will." Alexander grinste.

„Ja, natürlich kenne ich den Roman, viel Vergnügen. Besuch mich bald wieder."

Alexander war kein nachtragender Zwerg. Nur konnte er unmöglich zulassen, dass ein klingelndes Handy eine Autorin oder einen Autor bei einer Lesung in seiner Nordstadtbuchhandlung oder gegenüber in der Salzgrotte störte und der Besitzer desselben ungestraft davonkam.

Das war ein klarer Fall von fehlendem Respekt. Der wahrscheinlich von seiner Frau mitgeschleppte Mann hätte bei Beginn sein Mobiltelefon stumm stellen müssen. Alexander liebte die technischen

Spielereien, die jedes Jahr von den Menschen verbessert wurden. Nur hatte er eine chronische Allergie auf Gebrauchsanweisungen, die ignorierte er alle. Bekam er eine Funktion nicht in den Griff, half er mit Magie nach. Wozu gab es sie sonst?

Zwei Abende später zog er die Tarnkappe ab und zeigte sich Mario Meißner, der ihn gleich begrüßte. „Hallo, schön dich zu sehen. Wo warst du gestern?"

„Ich habe gegrübelt. Sollte bei der nächsten Veranstaltung ein Handy klingeln, wird es eine Überraschung geben."

„Was hast du vor?", fragte Mario.

„Ich habe da eine Idee, wie ich diese nervtötenden Geräte abschalten kann, muss sie nur noch in die Tat umsetzen." Alexander grinste voller Vorfreude.

„Das wird interessant." Mario schaute neugierig über den Rand seiner Kaffeetasse.

„Oh, ja. Ich muss den Einfall vom Kopf aufs Papier bringen. Bis bald." Alexander rannte davon und ließ Mario verwundert zurück.

Alexander von Portus arbeitete die ganze Nacht in seiner Höhle. Er nahm einen Bleistift, spitzte ihn gewissenhaft, damit er jede Idee nahezu auf das Papier spießen konnte, beugte sich über seinen fünfzig Zentimeter hohen Schreibtisch und zeichnete mit schnellen Strichen einen Plan, verwarf ihn und fing so lange von Neuem an, bis er endlich mit dem Ergebnis zufrieden war. Er entwarf ein Netz. Damit stürmte er durch die Speisekammer, griff, ohne stehenzubleiben, nach etwas Essbarem und knallte den Bogen auf den Frühstückstisch seiner Eltern. Mutter Henriette beobachtete das Omelett in der Pfanne, und sein Vater Jacques schaffte es gerade noch rechtzeitig, das Tablett mit frisch gebackenen Croissants, welches er eben abstellen wollte, in Sicherheit zu bringen.

„Seht her, was ich mir ausgedacht habe." Alexander wartete auf die Reaktionen seiner Eltern.

Sein Vater Jacques machte: „Hm".

Mutter Henriette war noch ruhiger, sie schaute nur fragend.

„Ein wenig mehr Enthusiasmus dürftet ihr schon zeigen. Ich weiß, was ihr denkt, ja, ich bin kein Handwerker und auch in Handarbeit hatte ich in der Zwergenschule nur ein Ungenügend. Aber ich habe einen Freund. Mit einem Plan kann er alles herstellen, und ich habe einen Plan."

So schnell wie er hereingestürmt war, verließ er nun die Küche. Die Zwerge waren ein geselliges Volk, welches sich untereinander gern besuchte, was kein Problem darstellte, ähnlich wie bei der Kanalisation waren sämtliche Häuser durch Gänge verbunden.

Mit Hilfe seines Freundes Ingo, der geschickt im Umsetzen von Anleitungen war, wollte er Theorie in Praxis verwandeln. Ingo konnte Kochrezepte zu leckerem Essen mutieren lassen, Bilder aufhängen und Möbel beziehen, aber ebenso gut mit einer Häkel- oder Stricknadel umgehen. Doch als Alexander Ingo seinen Entwurf vorlegte, sah der ihn sich kurz an und schüttelte den Kopf.

„Was?", fragte Alexander irritiert nach.

„Da fehlt etwas. Das geht so nicht. Wir brauchen mehr Energie, Magie oder zumindest Technik. Ich fang schon mal an, dann haben wir die Materie, die wir dann mit der passenden Formel aufladen können."

Wenige Tage später war das Netz fertig, zwar sehr grobmaschig, wie man es auf alten Segelschiffen sehen kann, aber einsatzbereit.

Indessen tüftelte Alexander weiter an seiner Erfindung.

Schon vor mehreren Jahrzehnten hatte er herausgefunden, wie der Mechanismus seiner Tarnkappe funktionierte, diesen wandte er nun auf Ingos Handarbeit an. Und so wie die Kappe nur funktionierte, wenn er sie aufsetzte, konnte er mit Hilfe eines kleinen Gerätes die Wirkung des Netzes ein- und ausschalten. Denn Mario Meißner sollte am Tage ungehindert arbeiten können.

Gemeinsam schleuderten Alexander und Ingo das riesige Teil über das Haus, in dem Marios Ladengeschäft Quartier bezogen hatte. Es passte sich vorzüglich den Maßen des Gebäudes an. Die beiden Zwerge traten zurück und betrachteten ihr Werk. Mit der Kombination aus Wolle und Magie waren für jetzt und alle Zeit Handys hier, mit Hilfe eines kleinen Kästchens mit nur einem Schalter, während Veranstaltungen abschaltbar. Draußen würden sie funktionieren. Jetzt konnten die Autoren der Goldstadt kommen und ungestört ihre Lesungen abhalten.

An besagtem Abend stand Fantasy auf dem Programm.

„Wie passend", frohlockte Alexander. Er liebte die Geschichten, in denen alles Unmögliche möglich war.

Die Besucher kamen erst zögernd, doch bei Vorstellungsbeginn waren alle Plätze besetzt. Sie unterhielten sich, tippten und machten Bilder wie immer, und in dem Moment als die Autorin Platz nahm, Mario Meißner das Publikum begrüßte und das Licht dimmte, kehrte erwartungsvolle Ruhe ein.

Als Alexander verzückt der Darbietung seiner Lieblingsautorin lauschte, die im richtigen Tempo mit guter Betonung amüsantes Selbstverfasstes von sich gab, und das diesmal sehnlich erwartete nervenaufreibende Klingeln versuchte, einen Besucher aus seinem Halbschlaf zu reißen, zückte Alexander, der unsichtbar auf dem Boden an der Wand lehnte, seine Geheimwaffe und legte den roten Schalter um. Natürlich hätte er auch bei Vorstellungsbeginn alle Handys abschalten können, doch diesen Moment, dieses Verstummen des Handys während des Klingelns, wollte er bewusst erleben. Im Nu war das Telefon tot, schneller, als der Kerl es aus der Tasche ziehen konnte.

Seine Frau schaute peinlich berührt, was seine Aufgabe gewesen wäre. Vermutlich hatte sie versucht, diesem Kretin die örtliche Kultur näherzubringen.

Alexander war der Überzeugung, dass das Publikum bei Lesungen zu 70 Prozent aus Damen bestand, der Rest teilte sich wiederum in zwei Gruppen, eine war an Literatur interessiert, die andere an einem friedlichen Familienleben.

Der Zwerg war mit sich zufrieden. Er hatte den Autoren einen Raum der Stille zur Verfügung gestellt.

Erst waren die Zuschauer verwirrt, als sie sahen, dass ihre Handys nicht mehr funktionierten, dann griff eine leichte Panik um sich, doch schließlich genossen sie die Tatsache, mal ausnahmsweise im Hier und Jetzt zu sein. Anstatt die Lesung zu filmen, um sie auf dem Handy anschauen zu können, sahen sie sie tatsächlich live.

Der Buchladen verzeichnete von diesem Abend an ein Umsatzplus, es war wie der berühmte Goldtopf am Ende des Regenbogens. In Pforzheim und dem Enzkreis sprach sich herum, dass hier und nur hier Abende zu erleben waren, an denen man sich wie von der Außenwelt abgeschnitten fühlte. Dass das nicht nur ein Gefühl war, wussten nur die Zwerge und Mario.

Abends legte der Buchhändler gern Leckereien auf die Kellertreppe, die am Morgen verschwunden waren. Er machte sich einen Scherz daraus, zu seiner Frau zu sagen, dass sie für den Glückszwerg seien, der im Keller wohne. Sie ahnte nicht, wie recht er hatte, und befürchtete eine Mäuseplage.

Melli

Das erste, was sie fühlte, war eine unbeschreibliche Enge. Ihr ganzer Körper schien zu einer ovalen Kugel zusammengedrückt zu sein. Sie spürte weder Hunger noch Durst. Dennoch wurde es allmählich unbequem.

Sie wollte sich strecken, das ging nicht; wollte den Kopf bewegen, das ging auch nicht; ein kleines Bisschen das dünne Hälschen verlängern, das ging aber auch nicht. Sie überlegte, wie sie mehr Platz bekommen könnte. Sie trat gegen das Ende ihrer Behausung, aber ihre Zehen rutschten ab. Dann probierte sie es mit dem Schnabel, versuchte an der Wand zu kratzen, das gab einen schmalen Spalt, durch den es ein wenig heller wurde.

Aha, dachte sie, da draußen muss noch was sein.

Soweit es ging, und das war nicht viel, bog sie den Kopf nach hinten, um gegen das Hindernis zu pochen, das sie von der Welt da draußen abschloss. Der Spalt wurde breiter. Aufgeregt machte sie weiter. Ausholen, gegen die Wand picken. Ausholen, gegen die Wand picken. Immer wieder. Der Spalt vergrößerte sich zu einem Loch. Sie war auf dem richtigen Weg. Natürlich, es gab ja keinen anderen. Neugierig auf das, was da sein könnte, klopfte sie weiter. Plötzlich strahlte ihr Helligkeit entgegen, und eine Stimme lockte.

„Komm raus, du kleiner Spatz, du kannst es."

Das spornte sie an. Das Loch wurde durch ihr ständiges Hämmern größer und größer. Dann war es weit genug, um den Kopf durchstrecken zu können. Und was es da alles zu sehen gab. Blauer Himmel, weiße Wolken, Blätter, und direkt über ihr saß ein Vogel mit einem glänzenden Federkleid. Sie spürte sofort eine innere Verbindung und wusste, das war ihre Mutter. Um sie herum saßen vier schreiende Vögel.

Gott, sind die hässlich, grübelte sie.

„Na endlich bist du da. Das hat ja gedauert. Ich bin Andreas und als erster geschlüpft", sprach der eine sie an.

„Mein Name ist Willi."

„Meiner Johnny."

„Ich heiße Olli."

So stellten sich die anderen der Reihe nach vor.

„Und dich nennen wir Melli", mischte die Mutter sich ein. „Endlich ein Mädchen."

Als ein zweiter erwachsener Spatz auf dem Nestrand landete, sperrten ihre Brüder den Schnabel auf.

Die werden schon wissen was sie tun, überlegte Melli und tat es ihnen gleich.

Der Große würgte und brachte auf diese Art Futter hervor. Unerschöpflich schien der Vorrat zu sein. Jeder bekam etwas ab.

Aha, dachte sie, so funktioniert das also. Wenn man Hunger hat, macht man ein Geschrei, und wer am lautesten brüllt, bekommt am schnellsten etwas. Gut zu wissen, das muss ich mir merken.

Fürs erste gesättigt hing Melli ihren Gedanken nach. Plötzlich hatte sie eine Frage im Kopf und stellte diese auch gleich ihrer Mutter, die anscheinend Ausschau nach dem Vater hielt.

„Sag mal, Mama. Warum sagen wir zu Wilhelm Willi, zu Johannes Johnny und Oliver nennen wir Olli? Aber Andreas ist nicht Andi."

„Tja, eine berechtigte Frage mein Kind, das hast du gut beobachtet. Mal überlegen."

Sie wusste es wohl selber nicht und eierte nur herum. Warum konnten Eltern nicht zugeben, wenn sie keine Ahnung hatten? Melli legte die kleine Stirn in Falten.

Ihr ältester Bruder war ein komischer Kauz, ernst, ein eher zurückhaltender, seltenfröhlicher Vogel. Als stiller Beobachter, misstraute er Neuem, so ihr Eindruck, er schaute sich erst alles vorsichtig und abwägend an. Meistens war er still, doch jetzt sprach er ganze vier Sätze:

„Ich bin Andreas. Sieh mich an. Sehe ich aus wie ein Andi? Schließlich bin ich als erster geschlüpft und einen ganzen Tag älter."

„Wir sind so unterschiedlich, trotz gleicher Eltern und Umgebung", sagte sie.

Ihre Eltern waren ständig auf Futtersuche. Abwechselnd brachten sie Körner, Käfer und Würmer von den saftigsten Wiesen. Willi, Johnny und Olli waren sich sehr ähnlich. Melli mochte die drei nicht besonders, weil sie ständig von ihnen geärgert wurde.

Immer heckten ihre Brüder Streiche aus, saßen dicht beieinander und machten sich über den kauzigen Andreas lustig, der eigenbrötlerisch, in Gedanken vertieft, abseits hockte. Melli beobachteten sie stirnrunzelnd. Sie kaute lustlos auf dem Essen herum, fraß nicht gern, was die Eltern ihr gaben.

„Trifft es nicht deinen Geschmack, kleine Dame?", fragte die Mutter nach einer Weile. „Nahrung ist doch das Wichtigste."

Essen ist das Einzige, was ich kann und muss, wenn ich wachsen und mich irgendwann selbst versorgen will, überlegte Melli.

Und so bettelte sie nach Futter, sobald sie auch nur einen der großen Vögel von weitem sah, machte ein Geschrei, als wollte sie sagen: „Ich, ich, ich bin die mit dem größten Hunger. Ich zuerst."

Melli streckte ihr kleines Schnäbelchen auf, aber ganz geheuer war ihr die Sache nicht. Sie hatte ihre Brüder beim Essen beobachtet, und sie hatte auch das Essen beobachtet. Die Körner fand sie super. Aber Teile des Futters hatten Gesichter, wenn auch kein Vogelgesicht, aber eben ein Gesicht, es hatte Augen, bewegte sich, zappelte. Es waren Lebewesen.

Melli beklagte sich bei den Eltern, fand jedoch kein Gehör.

„Solange du in unserem Nest hockst, wird gegessen, was wir dir vorsetzen. Wir sind Vögel.

Vögel fressen Insekten und Würmer. Das war schon immer so, so wird's auch immer sein. Wenn du mal flügge bist und dir deine Nahrung selber suchst, kannst du fressen was du willst."

Und so aß Melli, wenn auch widerstrebend. Es hieß Fleisch oder Verhungern. Aber ganz fest nahm sie sich vor, dass sie später kein Tier mehr essen wollte. Willi, Johnny und Olli lachten natürlich über ihre Schwester.

„Du hast doch einen Vogel. Ein Stück Fleisch ist doch etwas Herrliches. Aber gut, lass es, dann bleibt mehr für uns."

Sie schnappte nur nach den Futterstücken, die nicht lebten. Nach zwei Wochen hatten Melli und ihre vier Brüder sich gut entwickelt. Johnny wollte als erster fliegen. Er stellte sich auf den Rand des Nestes, ließ sich wagemutig fallen und schlug wie wild mit den Flügeln, kam kurz ins Trudeln, fing sich aber gleich wieder und flog zu einem Ast des Nachbarbaumes. Von dort zwitscherte er seiner Familie zu:

„Ist gar nicht schwer. Versucht es auch gleich."

Willi und Olli, vervollständigten das Trio und folgten ihm.

Melli konnte ihnen ansehen, wie herrlich sie es fanden, durch die Luft zu segeln und nach Insekten zu schnappen. So frisch schmeckte es ihnen noch besser.

Sie sah angewidert zu und dachte: Wenn ich nur auch schon fliegen könnte, würde ich mir mein Futter selber suchen.

Das war genug Anreiz. Sie sprang, hob ab und landete auf dem Boden. Was jedoch nicht schlimm war, denn dort hatte sie immer hingewollt. Sie knabberte an einem Blatt, es schmeckte nicht besonders gut.

„Na ja", sprach sie vor sich hin. „Im Nest hat auch nicht alles gleich geschmeckt. Es gibt bestimmt noch bessere Pflanzen."

Sie entdeckte eine orangefarbene Blüte, die sehr interessant aussah. Vorsichtig nahm sie einen kleinen Bissen.

„Das Zeug schmeckt richtig gut. Daran könnte ich mich gewöhnen."

Im Nu hatte sie die ganze Blüte gegessen. Sie musste nur ein paar Schritte gehen und war schon an der nächsten. Auch diese verputzte sie in Windeseile. So hüpfte sie von Blüte zu Blüte. Zum ersten Mal in ihrem jungen Leben aß sie sich richtig satt. Der Rest ihrer Familie sah kopfschüttelnd zu.

„Von welchem Stern bist du denn ins Nest gefallen?", rief ihr Vater taktlos.

Die kleine Melli ließ sich nicht beirren. Sie wusste, wie sie leben wollte und wie nicht. Als zuletzt geschlüpftes Küken hatte sie am meisten Gewicht zugelegt. Jetzt sah sie aus, wie aus dem Ei gepellt.

Die Ballade von Thomas Vinariam

Moto hatte den circa neuntausend Kilometer langen Flug von Japan nach Deutschland in knapp drei Stunden zurückgelegt. Das war ein neuer persönlicher Rekord. Mit stolzgeschwellter Brust näherte er sich dem Boden. Müde war er nicht, obwohl es auf halber Strecke ziemliche Turbulenzen gegeben hatte. Langstrecken flog er besonders gern. Er genoss es, dank seiner hervorragenden Windschnittigkeit mit nahezu zweieinhalbfacher Schallgeschwindigkeit durch die Atmosphäre zu donnern.

Moto ließ seinen scharfen Blick über die Menschen in der Fußgängerzone einer kleinen Stadt gleiten, suchte niemanden Bestimmtes, wollte eher die Wahl seines nächsten Opfers dem Zufall überlassen. Plötzlich fiel ihm ein Mann in den Fünfzigern auf. Ja, warum nicht der?, dachte Moto. So gut wie jeder andere. Er warf mental die Angel aus, sofort steckte sie tief in der Aura, wo die Energie pulsierte, zapfte die Lebenskraft des Mannes an. Der spürte nichts, noch nicht. Ganz langsam wollte Moto seinen Akku leeren, um den eigenen aufzufüllen. Bis ein Betroffener registrierte, dass etwas mit dem Hormonhaushalt nicht mehr stimmte, konnte schon ein Jährchen ins Land gehen.

Nach der Landung klappte der nachtdunkle Vogel die Flügel ein, worauf sie zu einem langen, schwarzen

Mantel wurden und er sich in einen großgewachsenen schlanken Mann mit weißen Stoppelhaaren verwandelte. Der Blick eiskalt, abschätzend. Herr Moto war für jeden bereit und für ihn waren alle gleich.

Der Gestaltwandler wusste nicht, wie alt er war, schätzte es nur anhand großer Ereignisse der Weltgeschichte. Wann wütete die Pest? Zu welchem Zeitpunkt raffte die Choleraepidemie unzählige Menschen dahin? In welchem Jahr fand die Französische Revolution statt? Nicht, dass Herr Moto dafür verantwortlich gewesen wäre, aber er war dabei. Der drahtige Mann ließ seine Opfer leben, so konnten sie bis zu ihrem Ende seinen Hunger stillen und schließlich eines natürlichen Todes sterben, den keiner mit ihm in Verbindung brachte. Trotz seines hohen Alters sah er teuflisch gut aus. Markante Gesichtszüge mit tiefschwarzen Augen, über denen sich die weißen Brauen knapp berührten und so einen waagrechten Balken bildeten, verliehen ihm ein recht grimmiges Aussehen. Haar und Bart waren auf genau sechs Millimeter getrimmt.

Herr Moto wanderte umher, und wann immer ihm der Sinn danach stand, stellte er eine Verbindung zu einem neuen Lieferanten her. So war im Lauf der Jahre ein riesiges Netzwerk entstanden, von dem sich keiner lossagen konnte, es sei denn, er zog einen Schlussstrich unter sein Leben. Doch so weit ging selten einer. Überwiegend Frauen wählte er aus, doch auch vor Männern machte er nicht halt, denn Energie ist geschlechtsneutral. Herr Moto achtete nur auf eine gesunde Ausstrahlung, die dann allerdings rasch nachließ.

Zu seinem zweiten Laster waren seit dem Größerwerden der Pharmaindustrie Tabletten geworden. Er war ein richtiger Junkie, denn er hatte eine Möglichkeit entwickelt, einen großen Teil der Wirkstoffe, die einer der mit ihm Verbundenen zu sich nahm, zu absorbieren. Der Betreffende spürte demnach keine Wirkung und nahm deshalb eine größere Dosis ein.

So spielte Herr Moto mit den Empfindungen der von ihm angezapften Menschen. Er konnte zwar nicht das Wetter verändern, doch wie die Leute darauf reagierten. 10° Celsius, sie bekamen einen Schweißausbruch. Wollsocken kombiniert mit zwei dicken Decken und sie froren bitterlich. Auch Schüttelfrost war für ihn kein Problem.

Doch das alles waren nur Nebenerscheinungen. Was ihm am meisten Spaß bereitete, war diese langsam von der Person Besitz ergreifende Schlappheit im Wechsel mit Nervenversagen, unkontrolliertem Zittern und einer Todessehnsucht. Er säte Gereiztheit und deren Auswirkung zu beobachten, gab ihm einen Extrakick. Menschen trennten sich, weil nicht jeder das Glück einer empathischen Partnerin oder eines Partners hatte.

Thomas Vinariam lief unbeschwert und mit einem Eis in der Hand durch die Stadtmitte. Gewohnte Stationen, wiederkehrende Einkäufe. Buchladen, Bäcker, Metzger hatte er schon abgearbeitet, nur für den täglichen Bedarf musste er noch in den Supermarkt. Nichts wich von der Routine ab. Und dennoch fand heute eine Beinahebegegnung statt. Er fühlte Blicke im Nacken, aber wer sollte ihn beobachten? Es waren sicher interessantere Menschen unterwegs. Thomas war einen Meter siebzig groß, ein kleiner Bauch wölbte sich über dem Hosenbund. Jeans, T-Shirts und Sneakers waren seine übliche Kleidung. Ein Durchschnittstyp, er selbst empfand sich jedoch eher als wenig ansprechend.

Thomas hatte straßenköterbraune Haare, die sich plötzlich über dem Hemdkragen aufstellten. Da war etwas. Er war sicher. Wenn er jetzt ganz schnell den Kopf umwenden würde, sähe er bestimmt jemanden. Die Person würde ihm direkt in die Augen schauen oder die Blickrichtung ändern. Es kribbelte. Vielleicht spähte ein Scharfschütze aus einem Fenster an der Häuserfront, die Waffe im Anschlag?

Ich hätte gestern unter gar keinen Umständen so lange in dem Krimi lesen sollen, war aber einfach zu spannend, grübelte Thomas. Er drehte sich um, schaute dabei hoch. Das Gefühl war zu stark, um nicht zu reagieren. Bös stierende Augen krachten ihm durch Mark und Bein, begannen ein Duell, wer zuerst wegschauen würde. Thomas sah auf den Boden, konnte dem Starren unmöglich standhalten, jedoch auch nicht den Blick abwenden. Von dem dunklen Tier wie magnetisch angezogen, musste er nochmal hinschauen. Was will der schwarze Rabe von mir?, fragte er sich.

Schwarzer Rabe? Er fiel schon wieder in seine alte Gewohnheit zurück, Pleonasmen zu produzieren.

Der Kolkrabe flog, schwebte in einer fast unnatürlichen Langsamkeit über ihm.

Zu Hause hatte er den Vorfall größtenteils vergessen, nur dieser Zeitlupenflug, der physikalisch betrachtet unmöglich erschien, scheuchte den Vogel noch mehrmals zurück in seinen Kopf. Am nächsten Morgen überlegte Thomas, ob das alles nur ein Traum gewesen war. Wahrscheinlich hatte ihn die Sonne geblendet und er dadurch die Geschwindigkeit des Tieres falsch gedeutet. Nach kurzer Zeit war der Vogel völlig aus seinem Gedächtnis geflogen.

Herr Moto schaute nach Monaten bei dem Normalo vorbei, ob der schon bereit für die nächste Stufe war, in der der Energievampir mehr Kraft aus seinem Opfer zog. Der Elan, der lockere Schritt waren Vergangenheit. Der Gestaltwandler frohlockte. Durch Absaugen der Energie war das Opfer nur noch ein grauer Schatten seiner selbst. Jetzt drehte Herr Moto im Geiste den Regler hoch. Das Zittern begann, seinem Opfer brach der Schweiß aus. Der Gang wurde langsamer. Er sah, wie der andere sich umblickte, nach einem Platz suchte, wo er eine Pause machen konnte. Als er keinen geeigneten fand, blieb er einfach mitten auf dem Gehweg stehen, versuchte wieder zu Atem zu kommen. Die Passanten sahen ihn misstrauisch an, dachten wohl, was ist denn mit dem los? Der leere Blick schreckte ab. War er drogensüchtig und auf Entzug?

Der Durchschnittsbürger setzte seinen Weg langsam fort.

Herr Moto hatte im Laufe seines sehr langen Lebens sicher mehrere Millionen Menschen in seinen Bann gebracht. Er dachte an die Legionen von Dahinsiechenden. Die Menschen aßen Tabletten und machten sich auf diese Art abhängig, wussten nicht, dass sie damit nur seine unersättliche Gier befriedigten. Da gab es zum Beispiel mal einen Mann, der über vierzig Jahre täglich eine genommen hatte. Das machte rund fünfzehntausend, was sich für Herrn Moto rechnete. Cellulose für die Menschen, den Wirkstoff zweigte er ab.

Thomas schleppte sich schwerfällig durch die Tage, wurde häufig auf seine Gereiztheit angesprochen, dabei war er sicher, nicht schneller genervt zu sein als früher. Es lag nicht an ihm, die Menschen waren anstrengender, redeten mehr und dachten weniger.

Irgendwann war es so weit, er ging zum Arzt. Denn mit seinem Latein, das er zwar liebte, war Thomas am Ende. Wahrscheinlich eine Über- oder

Unterfunktion der Schilddrüse, hormonelle Störung, oder eine Entzündung, das dauert, Ruhe bewahren, Geduld haben.

Das gehörte nun nicht gerade zu seinen herausragenden Eigenschaften und im Moment schon gar nicht. Länger als drei Wochen hatte er nie auf der Arbeit gefehlt. Und damals war es der Blinddarm gewesen.

Sah er nach dem Duschen in den Spiegel, kam er sich alt und verbraucht vor, müde und leer. Über seiner linken Schulter glaubte er schemenhaft einen Schatten zu erkennen. Ach was, wischte er den Gedanken beiseite. Das konnte ja nur eine Spiegelung seines eigenen Gesichts sein. Er war allein.

Thomas erkannte weiße Haare, wie er sie vielleicht in ein paar Jahren mal haben würde. Jetzt war er noch hellbraun, eventuell mit grau durchsetzt, mit sehr wenig grau. Das Gesicht verschwand und an seiner Stelle leuchtete kurz ein roter Punkt auf, der Thomas an die japanische Flagge denken ließ. Wie kam er nur darauf? Zu diesem Land hatte er gar keine Verbindung.

Nach einem weiteren Arzttermin schlich er wie ein geprügelter Hund nach Hause. Eine grüne Ampel, auf die Thomas früher zu gerannt wäre, ließ ihn kalt. Er hatte einen Krankenschein und somit Zeit, oder musste sie sich nehmen. Sein Körper forderte es von ihm. Er sah einen Mann auf sich zukommen. Blickkontakt würde Thomas vermeiden, niemand sollte merken, wie dreckig es ihm ging, doch er registrierte das intensive Starren des anderen. Der stellte wie mit einem Laserpointer eine Verbindung der vier Augen her.

Thomas kannte diese Augen, die konnte es nur einmal geben. Er war sicher, sie schon mal gesehen zu haben. Nur wo? Das fiel ihm auf die Schnelle nicht ein. Eine Kreuzung aus Chuck Norris und Sylvester Stallone, mit einem Schuss Bruce Lee. Diese knallharte Dunkelheit. Konnte es sein, dass er sie in einem anderen Gesicht gesehen hatte? In einem schwarzen vielleicht? Trotz seiner geistigen Trägheit schoss ihm für seine momentane Situation ungewöhnlich rasant ein Schwarzweißbild ins Hirn. Das Déjà-vu des Wiedererkennens war dermaßen präsent, dass Thomas sich fragte, warum es ihm nicht sofort eingefallen war. Der schwebende Rabe. Bei ihm hatte er nicht ähnliche, sondern genau diese Augen gesehen.

Der Abstand der aufeinander zulaufenden Männer verkleinerte sich. Einer wollte nicht wegsehen, der andere konnte nicht. Woher Thomas wusste, dass eben jener und kein anderer für seine Krankheit verantwortlich war, hätte er nicht sagen können und doch war er felsenfest davon überzeugt.

Das ist völlig idiotisch, wies er sich zurecht.

Der Kerl steuerte direkt auf ihn zu, war eindeutig auf Kollisionskurs. Thomas musste ausweichen. Was soll das? Er machte einen Schritt nach rechts, sein

Gegenüber im selben Moment in die gleiche Richtung. Eine muskulöse Schulter stieß ihn hart zu Boden. Ungläubig sah Thomas der großen Gestalt nach, traute sich jedoch nicht etwas zu sagen, da er ungefähr dreißig Kilo leichter war. Der Zusammenstoß brachte den Großen nicht mal annähernd aus dem Tritt, er ging weiter, als sei nichts geschehen. Nachdem Thomas sich von dem Schock erholt hatte, setzte er sich zittrig auf. Die von einem Herrn mit Hund angebotene Hilfe lehnte er ab, so weit war er noch nicht. Er wollte alleine wieder auf die Beine kommen und das gelang ihm auch schließlich.

Sein Weg führte ihn in die Apotheke, wo er die ihm verschriebenen Medikamente holen wollte, eines von dreien musste bestellt werden.

„Sie können es heute Mittag abholen", sagte der freundliche Apotheker.

„Morgen", antwortete Thomas mit einer krächzenden Stimme, die ihm selber fremd vorkam.

„Möchten Sie sich hinsetzen?", fragte der Apotheker, nachdem er einen abschätzenden Blick auf Thomas' wackligen Stand geworfen hatte.

„Nein, geht schon."

„Oder soll ich Ihnen ein Taxi rufen?", kam das zweite Anerbieten.

„Ich schaff es."

„Ich kann es Ihnen auch nach Hause liefern lassen, circa 17 Uhr."

„Das ist gut."

Thomas hatte ungefähr eineinhalb Kilometer Heimweg vor sich, im Normalfall zehn Minuten.

Jetzt, eine halbe Stunde später, lag er flach, nachdem er im zweiten Stock eine Pause eingelegt und sich weiter in seinen dritten empor gekämpft hatte. So kannte er sich nicht und so wollte er sich auch nicht kennenlernen.

Der Apotheker hatte ihm alles besorgt, um seine Beschwerden zu besänftigen, doch die Wirkung blieb aus.

Thomas fluchte, stammelte wie so viele vor ihm: „Gott, warum ich?" Doch der zeigte keine Reaktion, oder wenn, erkannte Thomas es nicht. Er schlief ein.

Herr Moto fühlte Dopamin durch seine Venen rasen. Ja, die Blutwerte seines Opfers waren sehr hoch, etwa das Fünffache über der Norm, die irgendwann mal Mediziner festgesetzt hatten, im Glauben, alles sei in Zahlen auszudrücken. Positiv oder negativ, es kam auf die Perspektive an. Die Tabletten zeigten keine Wirkung, weil die vom Arzt verordnete Dosis für Thomas Vinariams Systembefall zu gering war. Herr Moto würde, wenn es seine Angewohnheit wäre, ein Nachtgebet zu sprechen, den Allgemeinmediziner darin einschließen.

Kein Resultat für den angeschlagenen Mann, doch lebensspendender Wirkstoff für ihn. Er füllte seine Speicher und warf nebenbei die Angel nach ein paar weiteren Lieferanten aus.

Thomas genoss sein Bad in Selbstmitleid, pflegte seine depressive Stimmung, lag müde und ausgelaugt auf der Couch.

Ich tauge nur noch als erbärmlicher Protagonist in einer melancholischen Geschichte. Vielleicht mit dem Titel *Die unsagbar traurige Ballade von Thomas Vinariam.* Doch so altertümlich die Überschrift auch anmutet, würde es doch nur zu einer Erzählung reichen. Denn zum Reimen und um meine Lebenssituation in Versen und Strophen zu Papier zu bringen, fehlt mir das nötige Talent. Ich war mal Optimist, und vielleicht werde ich auch irgendwann mal wieder einer sein, ich hoffe es so sehr. Ich mag Geschichten mit einem guten Ende, doch das entspräche nicht der Definition einer Ballade.

Er beschwor eine Begebenheit voller Lebensfreude herauf. Mein Gott, es musste dreißig, nein, noch ein paar Jahre mehr her sein. Thomas war mit einem Mädchen unterwegs gewesen. Bei Tchibo, den Laden gab es schon lange nicht mehr, hatte eine Angestellte die Ballons abgehängt, mit denen der Eingangsbereich dekoriert war. Thomas hatte voll jugendlicher Un-beschwertheit gefragt, ob sie ein paar haben könnten. Ein Wunsch, der sofort erfüllt wurde. „Klar, wenn es euch Freude macht. Ich hätte sie nur weggeworfen. Viel Spaß."

Heute wunderte er sich über seine damalige Unbekümmertheit. Wann hatte er die verloren? Wo war sie geblieben? Die über das ganze Gesicht strahlende Verkäuferin schnitt aufs Geratewohl ein Stück der Schnur, an die die Ballons geknotet waren, ab und überreichte sie den beiden Teenagern. Belohnt wurde sie durch ihr Wissen, zwei Menschen einen unvergesslichen Glücksmoment beschert zu haben, an die sie sich eventuell noch manchmal erinnerte.

An diesem Tag war Thomas mit seiner Bekannten, aus der vielleicht noch mehr hätte werden können, mit sieben roten Luftballons durch einen phantastischen Sonnenschein gesprungen, begleitet von der Unbekümmertheit der Jugend. Sie rannten durch die Straßen, und wenn sie Blicke auf sich zogen, merkte Thomas es nicht. Sie stiegen hinten durch die große Doppeltür in einen Bus und blieben der Ballons wegen in der Mitte stehen. Überall hätten sie nur Menschen mit leuchtenden Augen gesehen, die vermutlich an ihre Kindheit dachten, doch er hatte nur Augen für sie gehabt. Sah er das Mädchen heute, auch sie war natürlich drei Jahrzehnte älter, dachte er an die roten Ballons; sah er mehrere rote Ballons, dachte er an die Freundin aus Jugendtagen. Ob es ihr genauso ging? Er war ihr lange nicht begegnet. Lebte sie noch in dieser Stadt?

Nach zwei Stunden wachte Thomas auf. Sein Traum, nein, es war kein Traum, fiel ihm ein, seine Erinnerung zeigte ihm, dass es immer noch Dinge gab, für die es sich zu leben lohnte. Das Mädchen hatte es geschafft, ihm über dreißig Jahre hinweg einen Tritt zu geben. Er wollte etwas tun, verbessern, nach Möglichkeiten suchen. Fürs alte Eisen war er definitiv noch zu jung.

Thomas griff zum Telefon, wählte die Nummer eines Endokrinologen, der wahrscheinlich wie so viele keine neuen Patienten mehr aufnehmen würde. Doch er erwähnte die Tatsache, dass er mit einer der Sprechstundenhilfen seit Langem befreundet war, was ihm tatsächlich einen Termin bescherte. Tja, dachte Thomas, alle nutzen ihre Kontakte. Warum soll ich es nicht ebenso machen?

Die Dosis der Medikamente wurde vom Facharzt sorgfältig eingestellt. Das endlich zeigte Wirkung. Es ging Thomas besser, er fühlte sich wohl. Nur musste er daran denken, seine Medikamente zur vorgeschriebenen Zeit zu nehmen, sonst konnte es schon mal passieren, dass er von seinen Kolleginnen gefragt wurde, ob er sie vergessen habe.

Nach vier Wochen sollte er zu einer weiteren Blutabnahme kommen. Die Werte waren in Ordnung, bei der Dosis sollte er bleiben. Alles ist gut, dachte er. Doch die Gereiztheit kehrte zurück. Alles dauerte ihm zu lang, jeder war ihm zu langsam. Eine Buchempfehlung war *Die Öffnung des dritten Auges*, und er hätte sich schon über die des zweiten bei seinen Mitmenschen gefreut. Die Leute sahen nur, was sich direkt in Augenhöhe befand, und das Schlimmste dabei war, er bildete keine Ausnahme. Seine Chefin sprach ihn auf seine unnötig mürrische, aufbrausende Art an. Und er musste sich und ihr eingestehen, sie hatte Recht. Er hatte das Gefühl, nicht zu passen, nicht in die Firma, nicht in die Gesellschaft, ja, noch nicht einmal in diese Welt.

Er mied die Gesellschaft, bezog ein Schneckenhaus, vereinsamte, weil er nur noch mit sich selbst beschäftigt war. Thomas wollte niemanden mehr treffen.

Woran konnte es liegen, dass er die Ungeduld in Person war? Die Werte waren doch okay. Nein. Die nächste Untersuchung ergab, dass er von einer totalen Überfunktion der Schilddrüse in eine absolute Unterfunktion gerutscht war, es waren ihm zu viele Tabletten verordnet worden.

Herrn Moto entging das ganze Auf und Ab der Tablettenmenge. Er besaß unzählige Energieressourcen, so dass kleine Schwankungen keinen Einfluss zeigten.

Wieder nahm Thomas sich vor, seine Gefühlsregungen unter Kontrolle zu halten. Er wusste, dass er niemanden ändern konnte. Wenn er das nicht akzeptierte, würde er daran zerbrechen. Die Dosis wurde abgesenkt, schließlich die Medikamente ausgeschlichen und abgesetzt. Nach drei Wochen sagten die Ergebnisse, alles sei im grünen Bereich. Thomas war gespannt, ob er keine Symptome mehr zeigen würde, und am Anfang dachte er auch, alles sei gut. Ich bin wieder da.

Doch dann kam das Zittern zurück, manchmal ein Schweißausbruch. Nein, bitte nicht, kein Rückfall. Er vertraute dem Arzt. Konnten die Blutproben aus Versehen vertauscht worden sein? Ein Gesicht zuckte als Erinnerung auf, die schwarzen Augen, die er das erste Mal bei dem Raben gesehen hatte.

Er hatte noch so viel vorgehabt. Die Ostsee würde ihn interessieren oder die Normandie. Als Rentner, irgendwann. Später, doch ob es ein Später gab, konnte er nicht wissen. Vielleicht war jetzt schon Später, oder sein Später schon vorbei.

Eines Tages blähte Thomas eine Mücke zum Elefanten auf, er rastete aus, brüllte einen Freund, der es ganz sicher immer nur gut gemeint hatte, dermaßen an, wie er noch nie jemanden angeschrien hatte. Es tat ihm auch sofort leid, seinen Kumpel zu Unrecht angefahren zu haben. So wollte er nicht sein.

Am nächsten Abend belohnten seine angeschlagenen Nerven ihn mit einer Schmerzattacke, wie er sie lange nicht mehr erlebt hatte. Stechende, pochende Kopfschmerzen krachten durch seinen Schädel. Blitze zuckten hinter seinem linken Auge. Panikwellen streckten ihn nieder. Er schleppte sich ins Bett. Dunkelheit und Ruhe konnten vielleicht helfen, doch weder die Nacht noch der Morgen brachten Besserung. Es war die Hölle. Nassgeschwitzt klebte das Shirt an Rücken und Brust, im Kopf hämmerte eine Kolonne Bergarbeiter. Er krabbelte zitternd aus dem Bett, kramte eine Migränetablette aus dem

Nachtschrank, die er sich schnell einwarf. Das war so ein Tag, an dem er sterben wollte. Eine Explosion in seinem Kopf war das Letzte, das er wahrnahm, sein Wunsch wurde wahrscheinlich soeben erfüllt. Das Licht am Ende des Tunnels. Thomas Vinariam starb.

Herr Moto war übers Wochenende in die kleine Stadt zurückgekehrt. Er hatte zum letzten Schlag ausgeholt und mit einem seit Jahrhunderten eingeübten Griff sämtliche Thomas Vinariam innewohnende Energie abschöpfen wollen. Er lachte sein diabolisches Lachen. „Menschen. Sie wissen nicht, wann der letzte Tag, die letzte Stunde, die letzte Minute da ist, meinen, sie hätten noch so viel Zeit. Reiben sich an Nichtigkeiten auf, anstatt das Positive zu sehen. Sie sollten leben, solange sie es können. Am Schluss endet doch jedes Leben tödlich."

Zuverlässigkeit hatte Thomas in seinem Leben stets ausgezeichnet. Immer war er erreichbar gewesen, hatte wohl über hunderttausendmal ein Gespräch angenommen. Wie oft hatte er im Geschäft das Telefon verflucht und dennoch abgenommen? Auch jetzt, am Ende seines Lebens, drang das Klingeln an sein Ohr, er musste rangehen, es war doch sonst niemand da. Mit letzter Kraft kämpfte er gegen den Sog, ins Licht zu gehen, an, quälte sich ans Telefon. Ein „Ja" brachte er nur krächzend heraus.

„Hallo, mein Freund, ich bin es, Hans, du hörst dich aber gar nicht gut an. Wir müssen gefühlte fünf Monate keinen Kontakt gehabt haben. Erzähl mir, was dich bedrückt." Der Anrufer sprühte vor Energie.

Hans von Eulenburg, dachte Thomas, ein guter Kerl, teilnahmsvoller Zuhörer, Analytiker, Helfer in der Not. Sie kannten sich über die sozialen Netzwerke seit gut vier Jahren, hatten mehr oder weniger regelmäßig geschrieben, später telefoniert und Videochats geführt, eine herrliche Kommunikationsmöglichkeit, denn so sah man auch die Mimik des Gesprächspartners. Stets hatte er ein offenes Ohr und gute Ratschläge gehabt. Warum hatte Thomas in seiner tiefsten Verzweiflung nicht an ihn gedacht? Zu einem perfekteren Zeitpunkt hätte Hans sich nicht melden können. Er packte Thomas und riss ihn dem Sensenmann in der allerletzten Sekunde von der Klinge.

Traurig begann Thomas zu erzählen, wie es ihm im letzten halben Jahr ergangen war, ließ nichts aus, sie sprachen über alles, hatten keine Geheimnisse. Auch den Raben erwähnte er, der war irgendwie wichtig. Es war so befreiend, jemanden zum Reden zu haben.

Hans war geschockt. „O, mein Gott. Halte durch, bleib wo du bist. Ich komm zu dir. Wir finden eine Lösung. In Gedanken bin ich schon da. Hast du genug getrunken?"

Thomas überlegte lange. „Hm, ich weiß nicht." Wann hatte er zuletzt etwas zu sich genommen?

„Mach dir eine Kanne Tee und versuch zumindest ein bisschen zu essen. Versprichst du mir das?"

„Ja", antwortete Thomas.

„Ich bin in ein paar Stunden da. Bis später."

„Bis später", wiederholte Thomas die letzten Worte teilnahmslos. Er spürte eine leichte Hoffnung in sich aufsteigen, wusste einen Freund an seiner Seite. Thomas raffte sich mit letzter Kraft auf und schlurfte zum Kühlschrank. Beim Öffnen der Tür regte sich leichter Hunger, nicht nur auf Nahrung, sondern auch Lebenshunger. Wenn man lange nicht mehr gegessen hat, findet man in fast jedem Kühlschrank etwas. Ein abgepackter, geräucherter Schinken, das Mindesthaltbarkeitsdatum überschritten, was soll's? Brot war keins im Haus, egal. Der salzige Geschmack ersetzte verbrauchte Mineralien und machte ihm bewusst, dass er heute noch kein Wasser getrunken hatte. Die Lebensgeister kehrten zögernd zurück. Er schleppte sich zum Sofa, kroch unter eine Decke, zog sie bis zum Hals hoch und dachte nach.

Hans von Eulenburg. Blaue Augen und graue Haare mit einer leichten Welle verliehen dem attraktiven Mann Charisma. Unübersehbar entstand eine Ähnlichkeit mit Hans Albers, wenn er seine Pfeife anzündete und genüsslich daran zog. Bei diesem Ritual fielen ihm hilfreiche Ratschläge ein. Als Nachkomme aus verarmtem Adel besaß er keine Reichtümer, doch den Stil der Ahnen hatte er in seinem blauen Blut erhalten. Warum nur war der Kontakt spärlicher geworden?

Thomas nickte ein. Wenige Minuten später, dachte er, weckte ihn die Türklingel, doch es waren knapp vier Stunden vergangen. Er öffnete die Tür. Hans von Eulenburg war da. Er sagte nichts, breitete die Arme aus und hielt ihn einfach nur fest. Thomas ließ sich fallen, genoss das unbeschreiblich behagliche Gefühl zu wissen, nicht mehr allein zu sein.

Es war zwar nicht Hans' Wohnung, doch er übernahm die Rolle des Hausherrn. Schnell hatte er sich einen Überblick verschafft. Er bereitete eine kleine Mahlzeit zu aus den Dingen, die er fand. Nudeln waren rasch gekocht, ein Pesto stand im Kühlschrank.

„Iss etwas, und dann erzähl nochmal ganz in Ruhe, was passiert ist. Sich etwas von der Seele reden ist nicht nur eine Floskel, es hilft wirklich."

Er führte Thomas ins Wohnzimmer, versorgte ihn, kümmerte sich um den Depressiven, setzte sich zu ihm und sie sprachen bis tief in die Nacht. Dieses erste reale Zusammentreffen der beiden Männer war die Vertiefung einer Freundschaft, die es vorher nur über eine große Entfernung gegeben hatte. Sie verstanden sich prächtig und stellten noch mehr Gemeinsamkeiten fest, als ihnen vorher schon bewusst gewesen waren. Sie besaßen den gleichen Humor, teilten Kindheitserinnerungen und fühlten eine Vertrautheit, die ihnen nahezu unheimlich schien.

„Es ist so schön, dass du gekommen bist. Ich danke dir." Thomas legte einen Arm um die Schulter des Freundes.

Hans blieb ein paar Tage bei Thomas, ging mit ihm zu seinem Arzt, doch vor allem gab er ihm menschliche Nähe. Das war positiver und effektvoller als alle pharmazeutischen Präparate.

Herr Hashi Moto konnte Thomas' aufgeladene Energiereserven nicht mehr anzapfen, es war eine Wand zwischen ihnen entstanden, die er nicht durchdringen konnte. Er verstand die Welt nicht mehr. Das war nur sehr selten vorgekommen, und das letzte Mal lag schon einige Jahrhunderte zurück. Er flog eine weite Kurve und verschwand in der Ferne.

Die Kraft der Liebe, in welcher Form auch immer, stärkte das sich erholende Immunsystem. Thomas nahm einige Kilo zu, sah nicht mehr so ausgezehrt aus. Er kehrte zu vernachlässigten Hobbys zurück, aß gesund und trieb Sport. Es war ein großer Glückstag für Thomas, als Hans in sein Leben getreten war. Er half ihm aus schweren Zeiten, aus einem tiefen Tal der Einsamkeit, brachte ihn wieder zum Lachen und reduzierte die Zahl der grauen Tage, es gab wieder überwiegend blaue. Er und Hans trafen sich nun öfter, die Entfernung war nicht unüberbrückbar. Doch vor allem wusste Thomas, wann immer er jemanden zum

Reden brauchte, war Hans für ihn da. Er hielt ihn fest, ob er hier war oder nicht.

Anmerkungen

Conrad von Birkenfelde
Ich liebe den Birkenfelder Schwarzwald-Pavillon, ein Ort zum Erholen und Entspannen. Plötzlich war Conrad in meinem Kopf.

Eli und Fanti ...
… schrieb ich vor vielen Jahren. Eli hat, im Gegensatz zu Elly in meiner Geschichte „Helianthus", nichts mit Elly Großmann zu tun. Ich kannte sie damals noch nicht.

Wissen schützt vor Bosheit nicht
Wenn man muss, entwickelt man ungeahnte Stärke.

Im Wartezimmer des Todes
Wir wissen alle nicht, was oder ob etwas nach dem Tod kommt. Vielleicht ist es genau so, oder ganz anders.

Der Zwerg von Monte Christo
Der „Graf" ist eines meiner Lieblingsthemen. Zeit für eine Würdigung Alexandre Dumas'.

Melli
Wann fängt ein selbstbestimmtes Leben an? Lassen wir jeden seinen eigenen Geschmack entwickeln.

Die Ballade von Thomas Vinariam
Die Liebe ist das größte Gefühl, sie überwindet den Schmerz und lässt Hoffnung entstehen.

Herzlichen Dank an …

Simon Hartfelder & Hannes Liewald von Quiet Lane für die spontane Genehmigung, ihren Text zu zitieren. Ihr macht tolle Musik.

Elly Großmann und Jürgen Vollmer für die Unterstützung. Ich fühl mich wohl bei euch.

Oliver („Mario") Meißner, für das schnelle Erfüllen meiner manchmal recht ausgefallenen Bücherwünsche. Weiterhin viel Erfolg für deine Nordstadt-Buchhandlung.

Silvia Figura, weil sie immer wieder gefragt hat, was meine Schreiberei macht.

Claudia Konrad für das Titelbild, die Covergestaltung, Satz und unzählige andere Dinge. Schön, dass es Dich gibt.

Uschi Gassler für das Lektorat von „Wissen schützt vor Bosheit nicht" und „Melli".

Carmilla DeWinter für das Lektorat der übrigen Geschichten, den letzten Schliff und viele hilfreiche Verbesserungsvorschläge. Es war eine fruchtbare Zusammenarbeit. Klasse, was wir beide erschaffen haben.

Und mein ganz besonderer Dank geht an Thomas Jentsch, der mich wieder zum Schreiben zurückgebracht hat. Ohne Dich wäre dieses Buch auf der Strecke geblieben. Du inspirierst mich.

Weitere Werke

Acht Kurzgeschichten von Fred Keller aus der Welt des Geheimnisvollen, Spirituellen und Phantastischen sowie aus dem wahren Leben.

Genießen Sie eine Erscheinung am Nachthimmel, die Lebenshilfe einer Psychologin und eine unglaubliche Seelenwanderung. Erfreuen Sie sich an einer mittäglichen Begegnung und bewundern Sie zwei Männer, die am Tiefpunkt ihres Lebens neue Wege suchen. Amüsieren Sie sich über Pläne eines Möchtegern-Revoluzzers und atmen Sie durch, wenn aus trüben Gedanken erquickliche Freude entsteht.

Ein idealer Ausgleich für zwischendurch, wenn Ihnen wenig Zeit zum Ausspannen und Abschalten zur Verfügung steht.

Wenn die Sonne bläst
ISBN 978-3-96008-096-1, Taschenbuch, 8,60 EUR

Cynthia Silbersporn, voluminös, taff, selbstbewusst, Alter unbekannt, meistert in dreizehn Geschichten mit Hilfe einer übergewichtigen Elfe und zwei Magiern ihr Leben.

Seien Sie dabei, wenn Cynthia den Unsterblichkeitstrank kocht oder lernt, sich in der Nähe von zu viel redenden Menschen einen Ohrfilter aufzulegen, oder wenn sie einen Massenzauber übt, weil sie endlich ungestört ein Konzert genießen will.

Schließlich muss Cynthia noch das begehrte Hexen-Diplom erhalten, sie lebt ja in Deutschland, und da muss alles seine Ordnung haben.

Zu guter Letzt hofft Cynthia, einen großen Fehler wieder gutmachen zu können. Ob das gelingt?

Begleiten Sie Hexen, tätowierte Magier und die Katze Diva durch haarsträubende Situationen und solche, die Ihnen vielleicht auch schon untergekommen sind.

Cynthia Silbersporn - Hexengeschichten
ISBN 978-3-96008-883-7, Taschenbuch, 12,00 EUR

Vom Flüstern zum Schrei ist alles dabei. Ein Magier, der finanzielle Löcher der Stadt Pforzheim stopft. Karsten Becker, der einen Mord aufklärt. Phantastisches aus Ellys Mittagspause und Daniel Corner, der lernt, mit Kritik umzugehen. Offene Fragen einer Vegetarierin, die Opfer eines Vampirs wird und wie ein Mann von 50 Jahren eine neue Lebensrichtung einschlägt. Seien Sie dabei, wenn aus Irren ist menschlich – Irren ist männlich wird, eine Psychose mit Hilfe von Callas und Mozart verschwindet und ein Kinderbuchautor zum Horrorschreiber mutiert, weil seine Muse sich krank meldet und die Vertretung eine andere Auffassung besitzt. Abgerundet wird das Ganze von einem Abschiedsgruß an einen Krebstumor, der Körperverbot erhält.

Die Ersatz-Muse
ISBN 978-3-74488-282-8, Taschenbuch, 7,00 EUR

Vom Großwerden eines kleinen Bären

In 24 Geschichten erfährt Bubu, warum seine Eltern verschiedene Dialekte sprechen, Bären keinen Muttertag feiern und was passiert, wenn man ein neues Buch nicht aus der Pfote legen kann. Er erlebt, wie schön es ist, der große Bruder zu sein und wie wichtig gute Freunde sind. Er lernt, wo Halloween herkommt, dass man nicht alles glauben darf, welches das schnellste Tier des Waldes ist und dass der Tod vielleicht gar nicht das Ende ist.

Am Schluss begegnet ihm die große Liebe. Aber wird die liebreizende Bärin auch ihn mögen? Die fabelähnlichen Geschichten von Bubu, dem Bären, möchten ein respektvolles Miteinander vermitteln, sind bestens zum Vorlesen geeignet und liebevoll von Helga Wolff illustriert.

Bubu, der Bär

ISBN 978-3-74940-853-5, Taschenbuch, 11,90 EUR

Kurz und knackig, klein und mal gemein,
auch nachdenklich, spitzzüngig, bösartig,
frivol, mystisch, witzig, frech.
Zukunftsweisend, ernst,
schwärmerisch oder betrübt ...

Alles ist möglich, und am Ende
kommt es oft anders als man denkt.

Ein Text - 100 Worte
100 Worte - ein Drabble
100 Drabbles - dieses Buch

Quickies
ISBN 978-3 75048-245-6, Taschenbuch, 7,00 EUR

Phönix

Ich möchte Feuer entfachen, Augenleuchten erzeugen, strahlendes, neugieriges Interesse wecken. Funken sollen überspringen, die lange Nacht erhellen, bis nicht fallende Freudentränen glitzernd in Augenwinkeln verharren. Wer könnte diesen Sternschnuppen ähnelnden, silbersprühenden pyrotechnischen Wundern mit teilnahmsloser Miene begegnen? Fühlt ihr es noch? Das unsichere Kind, tief in euch drin, das ihr mal wart, und manchmal, vielleicht, immer noch seid? Lasst es heraus, ergreift seine Hand, geht zusammen forschend durch die Welt. Wagt Neues, das Freude bereitet. Jetzt seid ihr erwachsen. Ich reiche Wunderkerzen, zünde meine an, berühre damit die mir nächste, gebe nickend meinem Wunsch Ausdruck, es mir gleich zu tun.